2 にほんご

穏紮穏打日本語

初級2

目白JFL教育研究会

前言

　　課堂上的日語教學，主要可分為：一、以日語來教導外國人日語的「直接法（Direct Method）」；以及，二、使用英文等媒介語、又或者使用學習者的母語來教導日語的教學方式，部分老師將其稱之為「間接法」（※：此非教學法的正式名稱）。

　　綜觀目前台灣市面上的日語教材，絕大部分都是從日方取得版權後，直接在台重製發行的。這些教材的編寫初衷，是針對日本的語言學校採取「直接法」教學時使用，因此對於在台灣的學校或補習班所慣用的「使用媒介語（用中文教日語）」的教學模式來說，並非那麼地合適。且隨著時代的演變，許多十幾年前所編寫的教材，其內容以及用詞也早已不合時宜。

　　有鑑於網路教學日趨發達，本社與日檢暢銷系列『穩紮穩打！新日本語能力試驗』的編著群「目白 JFL 教育研究會」合力開發了這套適合以媒介語（中文）來教學，且通用於實體課程與線上課程的教材。編寫時，採用簡單、清楚明瞭的版面、句型模組式教學、再配合每一課的對話文以及練習題，無論是「實體一對一家教課程」還是「實體班級課程」，又或是「線上同步一對一、一對多課程」，或「線上非同步預錄課程（如上傳影音平台等）」，都非常容易使用（※ 註：上述透過網路教學時不需取得授權。唯使用本教材製作針對非特定多數、且含有營利行為之非同步課程時，需事先向敝社取得授權）。

　　此外，本教材還備有以中文編寫的教師手冊可供選購，無論是新手老師還是第一次使用本教材的老師，都可以輕鬆地上手。最後，也期待使用本書的學生，能夠在輕鬆、無壓力的課堂環境上，全方位快樂學習，穩紮穩打地打好日語基礎！

想閱文化編輯部

穩紮穩打日本語 初級 2

課別	文法項目	

本書說明

1. 教材構成

「穩紮穩打日本語」系列，分為「初級」、「進階」、「中級」三個等級。每個等級由 4 冊構成，每冊 6 課、每課 4 個句型。但不包含平假名、片假名等發音部分的指導。完成「初級 1」至「初級 4」課程，約莫等同於日本語能力試驗 N5 程度。另，初級篇備有一本教師手冊與解答合集。

2. 每課內容

- 學習重點：提示本課將學習的 4 個句型。
- 單字　：除了列出本課將學習的單字及中譯以外，也標上了詞性以及高低重音。

　　　　此外，也會提出各課學習的慣用句。

　　　　「サ」則代表可作為「する」動詞的名詞。
- 句型　：每課學習「句型 1」～「句型 4」，除了列出說明外，亦會舉出例句。

　　　　每個句型還附有「練習 A」以及「練習 B」兩種練習。

　　　　練習 A、B 會視各個句型的需求，增加或刪減。
- 本文　：此為與本課學習的句型相關聯的對話或文章。

　　　　左頁為本文，右頁為翻譯，可方便對照。
- 隨堂測驗：針對每課學習的練習題。分成「填空題」、「選擇題」與「翻譯題」。

　　　　「翻譯題」前三題為「日譯中」、後三題為「中譯日」。
- 綜合練習：綜合本冊 6 課當中所習得的文法，做全方位的複習測驗。

　　　　「填空題」約 25 ～ 28 題；「選擇題」約 15 ～ 18 題。

3. 周邊教材

「目白 JFL 教育研究會」將會不定期製作周邊教材提供下載，請逕自前往查詢：

http://www.tin.twmail.net/

7

お誕生日は　いつですか。

① 数字

② 今、　～時　～分 です。

③ 今日は、～月　～日　～曜日です。

④ ～は　～から　～までです。

なんばん			げつようび		
何番 (疑/1)	幾號		月曜日 (名/3)	星期一	

なんじ			かようび		
何時 (疑/1)	幾點		火曜日 (名/2)	星期二	

なんがつ			すいようび		
何月 (疑/1)	幾月		水曜日 (名/3)	星期三	

なんにち			もくようび		
何日 (疑/1)	幾日		木曜日 (名/3)	星期四	

			きんようび		
いくら (疑/1)	多少錢		金曜日 (名/3)	星期五	

えん			なんようび		
～円 (名)	日圓單位		何曜日 (疑/3)	星期幾	

ごぜん			あさって		
午前 (名/1)	上午		明後日 (名/2)	後天	

ごご			しあさって		
午後 (名/1)	下午		明々後日 (名/3)	大後天	

あさ			さきおととい		
朝 (名/1)	早上		一昨々日 (名/5)	大前天	

ひる					
昼 (名/2)	中午、白天				

ばん			けいたいでんわ		
晩 (名/0)	晚上		携帯電話 (名/5)	行動電話、手機	

よる			でんわばんごう		
夜 (名/1)	夜晚		電話番号 (名/4)	電話號碼	

			プレゼント (名/2)	禮物	

休み（名 /3）	放假日、休息	残念（ナ /3）	可惜、遺憾
お盆（名 /2）	盂蘭盆會連假	図書館（名 /2）	圖書館
正月（名 /4）	新年	デパート（名 /2）	百貨公司
山の日（名 /4）	山之日		
海の日（名 /1）	海之日	※真實地名：	
子供の日（名 /5）	兒童節（男）	ニューヨーク（名 /3）	紐約
春休み（名 /3）	春假	ドバイ（名 /1）	杜拜
夏休み（名 /3）	暑假		
冬休み（名 /3）	寒假		
誕生日（名 /3）	生日		
修学旅行（名 /5）	校外教學旅行		
ゴールデンウィーク（名 /6）	黃金週		

数字
すうじ

本句型學習日文數字的講法。個位數時，需注意「4」、「7」以及「9」，各有兩種唸法。「0」則唸為「ゼロ」或「れい」。

百位數 100 ～ 999 時，必須注意 300、600、800 時，「百」以及其前方數字的發音。

千位數 1000 ～ 9999 時，必須注意 3000 時，「千」的發音必須濁音，以及 8000 時，「八」的發音必須促音。1000 時，多使用「せん」，較少使用「いっせん」。

1	いち	2	に	3	さん	4	よん／し	5	ご
6	ろく	7	なな／しち	8	はち	9	きゅう／く	10	じゅう

11	じゅういち	16	じゅうろく
12	じゅうに	17	じゅうなな／じゅうしち
13	じゅうさん	18	じゅうはち
14	じゅうよん／じゅうし	19	じゅうきゅう／じゅうく
15	じゅうご	20	にじゅう

30	さんじゅう	70	ななじゅう（しちじゅう較少用）
40	よんじゅう（しじゅう較少用）	80	はちじゅう
50	ごじゅう	90	きゅうじゅう（×くじゅう）
60	ろくじゅう	99	きゅうじゅうきゅう

100	ひゃく（×いちひゃく）	600	ろっぴゃく
200	にひゃく	700	ななひゃく（×しちひゃく）
300	さんびゃく	800	はっぴゃく
400	よんひゃく（×しひゃく）	900	きゅうひゃく（×くひゃく）
500	ごひゃく	999	きゅうひゃくきゅうじゅうきゅう

1000	せん（×いちせん／○いっせん）	6000	ろくせん
2000	にせん	7000	ななせん（×しちせん）
3000	さんぜん	8000	はっせん
4000	よんせん（×しせん）	9000	きゅうせん（×くせん）
5000	ごせん	9999	きゅうせんきゅうひゃくきゅうじゅうきゅう

万	まん	十億	じゅうおく
十万	じゅうまん	百億	ひゃくおく
百万	ひゃくまん	千億	せんおく
千万	せんまん	兆	ちょう（10^{12}）
億	おく	京	けい（10^{16}）

例句

- A：この　かばんは　いくらですか。（這個包包多少錢？）

  <ruby>さんじゅうさんまんはっせんえん</ruby>
  B：33万8千円です。（33萬8千日圓。）

- A：（あなたの）　<ruby>けいたい</ruby>携帯の　<ruby>でんわばんごう</ruby>電話番号は　<ruby>なんばん</ruby>何番ですか。（你的手機號碼幾號？）

  <ruby>ゼロきゅうゼロのいちにさんよんのごろくしちはち</ruby>
  B：090-1234-5678 です。（090-1234-5678）

11

句型二

今、 ～時 ～分 です

本句型學習時間的講法。詢問時間的疑問詞為「何時」、「何分」。「30分」亦可讀作「半」。下兩表分別整理「時」與「分」的講法：

1 時	いちじ	5 時	ごじ	9 時	くじ（× きゅうじ）
2 時	にじ	6 時	ろくじ	10 時	じゅうじ
3 時	さんじ	7 時	しちじ／（ななじ較少用）	11 時	じゅういちじ
4 時	よじ（× しじ）	8 時	はちじ	12 時	じゅうにじ

1 分	いっぷん	5 分	ごふん	9 分	きゅうふん(× くふん)
2 分	にふん	6 分	ろっぷん	10 分	じゅっぷん／じっぷん
3 分	さんぷん	7 分	ななふん(× しちふん)	15 分	じゅうごふん
4 分	よんぷん（× しふん）	8 分	はっぷん	30 分	さんじゅっぷん／さんじっぷん

例句

・A：今、 何時ですか。（現在幾點？）
　B：午前 3時 10分です。（凌晨 3 點 10 分。）

・A：パリは 今 何時ですか。（巴黎現在幾點呢？）
　B：夜の 8時です。（晚上 8 點。）

12

1. 今、 1時 5分 です。
4時 3分
12時 半

2. A：東京 は、 今 何時ですか。 B：夜 8時 です。
ニューヨーク 朝 7時
ドバイ 午後 3時

1. 例：10:18 p.m. → 今、 午後 じゅうじ じゅうはっぷん です。
例：00:00 a.m. → 今、 午前 れいじ です。

① 07:10 a.m. →

② 09:34 p.m. →

③ 03:30 p.m. →

2. 例：その スマホ・いくら（149,800円）

→ A：その スマホは いくらですか。
B：14万9千800円です。

① デパートの 電話番号・何番（0120-123-456）→

② あの マンション・いくら（1億3,600万円）→

③ 陳さんの 携帯・何番（0978-135-246）→

④ 新しい パソコン・いくら（95,820円）→

今日は、 ～月 ～日 ～曜日です。

本句型學習日期以及星期的講法。1 號到 10 號有其特殊的讀法，11 號以後則比照數字讀音加上「日」，但 14 號、20 號、24 號則是有特殊讀法。星期的讀法則是有固定的詞彙表達。詢問日子的疑問詞有「何月」、「何日」、「何曜日」。下三表分別整理「月」、「日」以及「星期」的講法：

1 月	いちがつ	4 月	しがつ (× よんがつ)	7 月	しちがつ (× ななつ)	10 月	じゅうがつ
2 月	にがつ	5 月	ごがつ	8 月	はちがつ	11 月	じゅういちがつ
3 月	さんがつ	6 月	ろくがつ	9 月	くがつ (× きゅうがつ)	12 月	じゅうにがつ

1 日	**ついたち**	12 日	じゅうににち
2 日	**ふつか**	13 日	じゅうさんにち
3 日	**みっか**	14 日	**じゅうよっか**
4 日	**よっか**	15 日	じゅうごにち
5 日	**いつか**	16 日	じゅうろくにち
6 日	**むいか**	17 日	じゅうしちにち（じゅうななにち較少用）
7 日	**なのか**	18 日	じゅうはちにち
8 日	**ようか**	19 日	じゅうくにち（じゅうきゅうにち較少用）
9 日	**ここのか**	20 日	**はつか**（にじゅうにち較少用）
10 日	**とおか**	21 日	にじゅういちにち
11 日	じゅういちにち	22 日	にじゅうににち

23 日	にじゅうさんにち	28 日	にじゅうはちにち
24 日	**にじゅうよっか**（にじゅうよんにち較少用）	29 日	にじゅうくにち
25 日	にじゅうごにち	30 日	さんじゅうにち
26 日	にじゅうろくにち	31 日	さんじゅういちにち
27 日	にじゅうしちにち（にじゅうななにち較少用）		

星期一	月曜日	星期五	金曜日
星期二	火曜日	星期六	土曜日
星期三	水曜日	星期日	日曜日
星期四	木曜日		

例 句

・今日は 3月 30日、 木曜日です。（今天是 3 月 30 號星期四。）

・A：お正月は、 何月 何日ですか。（新年是幾月幾號？）
　B：1月 1日です。（1 月 1 號。）

・今日は、 何の 日ですか。（今天是什麼日子呢？）

・子供の 日は、 4月 4日では なくて 5月 5日です。

（<日本的>兒童節不是 4 月 4 號，而是 5 月 5 號。）

～は　～から　～までです。

助詞「～から」用來表達時間的起點；助詞「～まで」則是用來表達時間的終點。可使用「Ａから　Ｂまで」的方式，來表達期間的範圍。助詞「～と」則是用來表達兩個以上名詞或物品的並列。

例 句

・学校は　朝　8時から　午後　3時までです。（學校是從早上八點到下午三點。）

・会議は　9時10分から　9時45分までです。（會議是從9點10分到9點45分。）

・夏休みは　7月1日から　8月31日までです。（暑假是從7月1日到8月31日。）

・A：修学旅行は　何曜日から　何曜日までですか。
（校外教學旅行從星期幾到星期幾呢？）

B：月曜日から　木曜日までです。（從星期一到星期四。）

・夏休みは　7月と　8月です。（暑假是七月和八月。）

・日本の　株式市場は　9時から11時半までと　12時半から15時までです。
（日本的股票市場是從9點到11點半以及12點半到15點。）

1. 図書館 は 午前 ８時 から 午後 ３時 までです。
   仕事 　朝 ９時 　　　　　夜 ７時
   学校 　午前 ７時20分 　午後 ４時40分

2. 明日 は 木曜日 です。 昨日 は 火曜日 でした。
   明後日 　金曜日 　　一昨日 　月曜日
   明々後日 　土曜日 　一昨々日 　日曜日

1. 例：銀行（9:30 a.m. ～ 3:30 p.m.）
   → A：銀行は　何時から　何時までですか。
     B：午前　９時30分から　午後　３時30分までです。
   ① 会社（10:00 a.m. ～ 6:00 p.m.）
   ② 郵便局（9:15 a.m. ～ 5:45 p.m.）
   ③ スーパー（7:10 a.m. ～ 08:50 p.m.）

2. 例：春休み（3/25 ～ 4/5）
   → A：春休みは　いつから　いつまでですか。
     B：３月25日から　４月５日までです。
   ① 夏休み（7/21 ～ 8/31）
   ② お盆（8/13 ～ 8/16）
   ③ ゴールデンウィーク（4/29 ～ 5/7）

（陳先生、林小姐、佐藤先生，為 Share House 的室友，三人在對話）

佐藤：陳さん、　お誕生日は　いつですか。

陳　：私の　誕生日は　11月　8日です。

佐藤：秋ですか。　涼しくて、　いいですね。

　　　今年の　お誕生日は　何曜日ですか。

陳　：水曜日です。

佐藤：水曜日ですか、　休みでは　なくて、　残念ですね。

林　：今年の　誕生日プレゼント、　何が　欲しいですか。

陳　：新しい　パソコンと　スマホが　欲しいです。

林　：新しい　パソコンは　いくらですか。

陳　：28万8千800円です。

林　：高いですね。

佐藤：小陳，你生日什麼時候？

陳　：我的生日是 11 月 8 號。

佐藤：秋天啊。很涼，不錯耶。

　　　今年的生日是星期幾呢？

陳　：星期三。

佐藤：星期三啊。不是放假日，真可惜。

林　：今年的生日禮物，你想要什麼。

陳　：我想要新的電腦。

林　：新的電腦，多少錢呢？

陳　：28 萬 8,800 日圓。

林　：好貴喔。

填空題 （請填寫假名讀音）

1. 8,890 円 （　　　　　　　　　　　　）

2. 23,800 円 （　　　　　　　　　　　　）

3. 09:04 p.m. （　　　　　　　　　　　　）

4. 07:33 a.m. （　　　　　　　　　　　　）

5. 7 月 8 日 （　　　　　　　　　　　　）

6. 4 月 20 日 （　　　　　　　　　　　　）

7. 03-6908-5020 （　　　　　　　　　　　　）

8. 090-9876-1234 （　　　　　　　　　　　　）

選擇題

1. 学校は　午前　9時（　　）です。

　　1　が　　　　　　2　の　　　　　　3　から　　　　　4　まで

2. 学校は　午後　3時（　　）です。

　　1　が　　　　　　2　の　　　　　　3　から　　　　　4　まで

3. この　アパートの　家賃は　（　　）ですか。

　　1　どれ　　　　　2　いくら　　　　3　いつ　　　　　4　なん

4. 土曜日（　）　日曜日は　休みです。
　　1　と　　　　　　　2　は　　　　　　　3　より　　　　　　　4　が

5. 私は　りんご（　）　バナナ（　）　好きです。
　　1　が／も　　　　2　も／は　　　　3　と／と　　　　4　と／が

6. 今日は　土曜日です。　昨日は　（　）曜日でした。
　　1　金　　　　　　2　日　　　　　　3　何　　　　　　4　月

翻譯題

1. デパートは　何時から　何時までですか。

2. 今年の　海の　日は　7月17日で、　山の　日は　8月11日です。

3. 明日は　何の日ですか。

4. 林小姐的生日是 3 月 29 號。

5. 我們公司從早上 10 點到下午 6 點。

6. Ａ：小陳的集合住宅大樓多少錢？　Ｂ：1 億 8 千萬日圓。

8

朝　6時まで　寝ます。

1　～から　～まで　動詞ます。

2　～に（時間點）　動詞ます。

3　～へ（方向）　移動動詞

4　～から／まで　移動動詞

<ruby>寝<rt>ね</rt></ruby>ます（動）	睡覺	<ruby>来月<rt>らいげつ</rt></ruby>（名 /1）	下個月
<ruby>働<rt>はたら</rt></ruby>きます（動）	工作	<ruby>一週間<rt>いっしゅうかん</rt></ruby>（名 /3）	一星期
<ruby>休<rt>やす</rt></ruby>みます（動）	休息	いつも（副 /1）	總是
<ruby>勉強<rt>べんきょう</rt></ruby>します（動）	讀書、用功	どこか（連 /1）	某處
<ruby>起<rt>お</rt></ruby>きます（動）	起床	どこも（連 /0）	無論何處都（後接否定）
<ruby>始<rt>はじ</rt></ruby>まります（動）	開始	コンビニ（名 /0）	便利商店
<ruby>終<rt>お</rt></ruby>わります（動）	結束	<ruby>美術館<rt>びじゅつかん</rt></ruby>（名 /3）	美術館
<ruby>毎朝<rt>まいあさ</rt></ruby>（名 /1 或 0）	每天早上	<ruby>船<rt>ふね</rt></ruby>（名 /1）	船
<ruby>毎晩<rt>まいばん</rt></ruby>（名 /1 或 0）	每天晚上	<ruby>電車<rt>でんしゃ</rt></ruby>（名 /0）	電車
<ruby>毎日<rt>まいにち</rt></ruby>（名 /1）	每天	<ruby>新幹線<rt>しんかんせん</rt></ruby>（名 /3）	新幹線
<ruby>今夜<rt>こんや</rt></ruby>（名 /1）	今天晚上	<ruby>海外<rt>かいがい</rt></ruby>（名 /1）	國外
<ruby>今朝<rt>けさ</rt></ruby>（名 /1）	今天早上	<ruby>出張<rt>しゅっちょう</rt></ruby>（サ /0）	出差
<ruby>先週<rt>せんしゅう</rt></ruby>（名 /0）	上星期	<ruby>会議<rt>かいぎ</rt></ruby>（サ /1）	會議
<ruby>先月<rt>せんげつ</rt></ruby>（名 /1）	上個月		
<ruby>来週<rt>らいしゅう</rt></ruby>（名 /0）	下星期		

24

夫 <ruby>夫<rt>おっと</rt></ruby> (名/0)	老公、丈夫	
妻 <ruby>妻<rt>つま</rt></ruby> (名/1)	老婆、妻子	
兄 <ruby>兄<rt>あに</rt></ruby> (名/1)	哥哥	
姉 <ruby>姉<rt>あね</rt></ruby> (名/0)	姊姊	
ご主人 <ruby>主人<rt>しゅじん</rt></ruby> (名/2)	您老公	
奥さん <ruby>奥<rt>おく</rt></ruby> (名/1)	您老婆	
お兄さん <ruby>兄<rt>にい</rt></ruby> (名/2)	稱呼哥哥時	
お姉さん <ruby>姉<rt>ねえ</rt></ruby> (名/2)	稱呼姊姊時	
休憩時間 <ruby>休憩<rt>きゅうけい</rt></ruby> <ruby>時間<rt>じかん</rt></ruby> (名/5)	休息時間	
ごめんなさい。 (連/5)	抱歉、對不起	
行って らっしゃい。 <ruby>行<rt>い</rt></ruby>	你慢走、順走。	
行って きます。 <ruby>行<rt>い</rt></ruby>	我走囉、我出門囉。	

※真實地名：

渋谷 <ruby>渋谷<rt>しぶや</rt></ruby> (名/0)	澀谷
中野 <ruby>中野<rt>なかの</rt></ruby> (名/0)	中野

～から　～まで　動詞ます。

本課開始學習日文的動詞。日文動詞（敬體）以「～ます」結尾。本句型學習四個動詞，分別為「寝ます（睡覺）、働きます（工作）、休みます（休息）、勉強します（讀書學習）」。這四個動詞在語意上都是屬於持續性的（時間上有起始點以及結束點），因此可以與上一課「句型4」所學習的「～から」、「～まで」一起使用。

若要表達過去，則將語尾「～ます」改為「～ました」即可。疑問句則是在動詞語尾加上「か」即可。

例句

・（私は）　夜　11 時から　朝　6 時まで　寝ます。（我從晚上 11 點睡到早上 6 點。）

・（私は）　昨日、　夜　10 時から　朝　8 時まで　寝ました。

（我昨天從晚上 10 點睡到早上 8 點。）

・毎週、　月曜日から　金曜日まで　働きます。（每星期都從星期一工作到星期五。）

・昼は　11 時 50 分から　13 時 10 分まで　休みます。

（中午從 11 點 50 分休息到 13 點 10 分。）

・明日は　試験です。　今晩　6 時から　12 時まで　勉強します。

（明天考試。今晚要從 6 點讀書到 12 點。）

・一昨日、　午後　5 時から　10 時まで　勉強しました。（前天從下午 5 點讀書到 10 點。）

1. 私は 　毎日　 働き ます。
　　　　　 明日
　　　　　 昨日　 働き ました。
　　　　　 一昨日

2. 私は 　月曜日 から 　金曜日 まで 　勉強します。
　　　　 ２時　　　　　 ５時
　　　　 朝　　　　　　 晩

1. 例；毎日・寝ます （9:30 p.m. ～ 6:30 a.m.）
　　→ 　A：毎日、 　何時から 　何時まで 　寝ますか。
　　　　 B：夜 　9時半から、 　朝 　6時半まで 　寝ます。
　① 明日・働きます （8:00 a.m. ～ 5:00 p.m.）
　② 昨日の 　昼・休みます （12:10 p.m. ～ 12:45 p.m.）
　③ 一昨日の 　夜・勉強します （9:25 p.m. ～ 10:05 p.m.）

2. 例：先週・休みます（火曜日～木曜日）
　　→ 　先週は 　火曜日から 　木曜日まで 　休みました。
　① 昨日・寝ます（午前1時～朝6時）
　② 来月・休みます（4日～8日）
　③ 一昨日・働きます（朝7時～夜8時）

句型二

～に（時間點）　動詞ます。

　　本句型學習四個動詞，分別為「起きます（起床）、寝ます（睡覺）、始まります（開始）、終わります（結束）」。這四個動詞在語意上都是屬於瞬間性的（描述發生的那一瞬間），因此與助詞「～に」一起使用，來表達發生的時間點。

　　「始まります」，則是除了可以使用表示時間點的「～に」以外，亦可使用表示動作起點的「～から」。「寝ます」則是可以依說話者想表達的語境，選擇表達「睡覺起始點與結束點」的「～から　～まで」或著是「躺下去時間點」的「～に」。

　　若要表達動作沒發生（否定），只需將「～ます」改為「～ません」即可；之前沒發生（過去否定），則是改為「～ませんでした」即可。

例句

・（私は）　毎朝、　6時半に　起きます。（我每天早上6點半起床。）

・A：今夜、　何時に　寝ますか。（今晚幾點上床睡覺？）
　B：今夜、　11時に　寝ます。（今晚11點上床睡覺。）

・日曜日は　いつも　昼まで　寝ます。（星期天我總是睡到中午。）

・授業は　8時（○に／○から）　始まります。（課程8點／從8點開始。）

・学校は　午後　4時50分（○に／×まで）　終わります。（學校於下午4點50分結束。）

・（私は）　明日、　働きません。（我明天不工作。）

・（私は）　昨日、　寝ませんでした。（我昨天沒睡覺。）

1. 勉強します　→　勉強しません　→　勉強しました　→　勉強しませんでした。
　　働きます　　　　働きません　　　　働きました　　　　働きませんでした。
　　寝ます　　　　　寝ません　　　　　寝ました　　　　　寝ませんでした。

2. A：毎朝、　何時に　起きますか。　　B：6時に　起きます。
　　明日、　　　　　　　　　　　　　　　7時
　　昨日、　何時に　起きましたか。　　8時に　起きました。
　　今朝、　　　　　　　　　　　　　　　9時

1. 例：昨日・寝ました（はい）
　　→　A：昨日、　寝ましたか。　B：はい、　寝ました。
　　例：明日・勉強します（いいえ）
　　→　A：明日、　勉強しますか。　B：いいえ、　勉強しません。
　　① 来週・働きます（いいえ）
　　② 先週の　日曜日・休みました（いいえ）
　　③ 明後日・勉強します（はい）

2. 例：昨日・授業・始まりました（朝10時）
　　→　A：昨日、　授業は　何時に　始まりましたか。
　　　　B：朝10時に　始まりました。
　　① 明日・会社・終わります（午後6時半）
　　② 昨日・パーティー・始まりました（夜8時）

句型三

～へ（方向）　移動動詞

　　本句型學習三個動詞，分別為「行きます（去）、来ます（來）、帰ります（回來）」。這三個動詞在語意上都是屬於移動性的（朝某方向移動），因此與助詞「～へ」一起使用，來表達移動的方向。「へ」必須讀作「え（e）」。詢問場所的疑問詞為「どこ」。

　　若要表達「去了A處，也去了B處」，可在第二個地點「へ」的後方，加上副助詞「も」，或直接使用「も」來取代「へ」即可。若要回答「哪兒也沒去／不去」，則使用「どこへも／どこも」回答。

例句

・（私は）　明日、　東京へ　行きます。（我明天要去東京。）

・（私は）　明日、　学校へ　行きません。（我明天不去學校。）

・（私は）　昨日、　5時に　家へ　帰りました。（我昨天五點回家。）

・田村さんは　昨日、　来ませんでした。（田村先生昨天沒來。）

・A：（あなたは）　昨日、　どこへ　行きましたか。（你昨天去了哪裡呢？）
　B：新宿へ　行きました。　渋谷（○へも／○も）　行きました。

　　（我去了新宿，也去了澀谷。）

・A：（あなたは）　明日、　どこへ　行きますか。（你明天要去哪裡呢？）
　B：どこ（○へも／○も）　行きません。（我哪兒也不去。）

練習 A

1. A：今日、　どこへ　行きますか。　　B：郵便局　へ　行きます。

　　　　　　　　　　　　　　　　　　　　　コンビニ

　　　昨日、　どこへ　行きましたか。　　名古屋　へ　行きました。
　　　　　　　　　　　　　　　　　　　　　美術館

練習 B

1. 例：今夜・家（帰りません）　→　今夜、　家へ　帰りません。
   ① 明日・会社（来ません）　→
   ② 昨日・学校（来ませんでした）　→
   ③ 今朝・銀行（行きました）　→
   ④ 来週・池袋（行きません）　→
   ⑤ 一昨日・家（帰りませんでした）　→

2. 例：明日・大阪　→　A：明日、　どこへ　行きますか。
   　　　　　　　　　　B：大阪へ　行きます。
   　　　昨日・京都　→　A：昨日、　どこへ　行きましたか。
   　　　　　　　　　　B：京都へ　行きました。
   ① 先週・ドバイ
   ② 来週・ニューヨーク
   ③ 明日・どこへも
   ④ 昨日・どこへも

〜から／まで　移動動詞

　　本課「句型1」學習了表「時間起始點」的「〜から」與表「時間結束點」的「〜まで」。本句型則是要介紹，「〜から」、「〜まで」亦可與「句型3」所學習到的移動動詞一起使用，來表達「移動的起點」與「移動的終點」。

例　句

・A：この　電車は　どこまで　行きますか。（這電車開到哪裡呢？）

　B：（この　電車は）　新宿まで　行きます。（這電車開到新宿。）

・（私は）　陳です。　台湾から　来ました。（敝姓陳。我從台灣來的。）

・夫は　7時に　会社から　帰ります。（我老公七點會從公司回來。）

・明日、　直接　家から　会場へ　行きます。（明天直接從家裡去會場。）

1. 林〔リン〕 です。 香港〔ホンコン〕 から 来ました。 どうぞ よろしく。
   ルイ　　　　　　フランス
   ジャック　　　　アメリカ

2. この バス は 中野〔なかの〕 まで 行きます。
   　　　新幹線〔しんかんせん〕　大阪〔おおさか〕
   　　　船〔ふね〕　　　　　　　オーストラリア

1. 例〔れい〕：ご主人〔しゅじん〕・何時〔なんじ〕・会社〔かいしゃ〕（夫〔おっと〕・7時〔じ〕）
   → A：ご主人は 何時に〔しゅじん　なんじ〕 会社から〔かいしゃ〕 帰りますか。
   　　B：夫は〔おっと〕 7時に〔じ〕 会社から〔かいしゃ〕 帰ります〔かえ〕。
   ① お兄さん〔にい〕・何曜日〔なんようび〕・大学〔だいがく〕（兄〔あに〕・金曜日〔きんようび〕）
   ② お父さん〔とう〕・いつ・出張〔しゅっちょう〕（父〔ちち〕・明後日〔あさって〕）
   ③ 奥さん〔おく〕・いつ・海外〔かいがい〕（妻〔つま〕・昨日〔きのう〕）

（陳先生、與室友佐藤先生在對話）

佐藤：陳さん、　昨日（きのう）　うるさかったですね。

　　　何時（なんじ）に　寝（ね）ましたか。

陳（チン）　：あっ、　ごめんなさい。　昨日（きのう）は、　寝（ね）ませんでした。

佐藤（さとう）：えっ？　学校（がっこう）、　お休（やす）みですか。

陳（チン）　：はい。　昨日（きのう）から　ゴールデンウィークです。

　　　来週（らいしゅう）まで　休（やす）みます。

佐藤（さとう）：いいですね。　今日（きょう）は　どこへ　行（い）きますか。

陳（チン）　：今日（きょう）は　どこも　行（い）きません。

　　　朝（あさ）から　晩（ばん）まで　勉強（べんきょう）します。

　　　そして、　明日（あした）は　台湾（たいわん）へ　一週間（いっしゅうかん）　帰（かえ）ります。

佐藤（さとう）：そうですか。　行（い）って　らっしゃい。

陳（チン）　：行（い）って　きます。

佐藤：小陳，昨天好吵喔。你幾點睡的呢？

陳　：啊，不好意思。我昨天沒睡。

佐藤：什麼？你學校放假嗎？

陳　：是的。從昨天開始黃金週。休息到下星期。

佐藤：好好喔。你今天要去哪裡呢？

陳　：沒有，今天哪裡都不去。要從早讀書到晚上。

　　　然後，明天要回台灣一星期。

佐藤：是喔。慢走喔。

陳　：我去去就回來（我出發囉）。

填空題

1. 昨日、 朝 7時（　　　） 起きました。

2. 日曜日は いつも 午後（　　　　） 寝ます。

3. 昨日の 夜、 11時まで 勉強（　　　　　）。

4. 会議は 何時（　　　） 終わりますか。

5. 昨日（　　　） 働きませんでした。

6. 先週、 奈良（　　） 行きました。

7. 私は 日本人です。 先週、 台湾（　　） 来ました。

8. 私は 台湾人です。 先週、 台湾（　　　） 来ました。

選擇題

1. 仕事は 午後 6時（　） です。

　　1 まで　　　　2 に　　　　　3 の　　　　　4 ×

2. 仕事は 午後 6時（　） 終わります。

　　1 まで　　　　2 に　　　　　3 の　　　　　4 ×

3. 休みは 火曜日（　） 水曜日です。

　　1 から　　　　2 まで　　　　3 と　　　　　4 に

4. 休みは 火曜日（　） 水曜日までです。

　　1 から　　　　2 に　　　　　3 の　　　　　4 と

5. 明日、　デパート　（　）　行きます。

　　1　が　　　　　　2　と　　　　　　3　へ　　　　　　4　の

6. A：昨日、　どこか　行きましたか。

　　B：いいえ、　どこ（　）　行きませんでした。

　　1　へ　　　　　　2　に　　　　　　3　まで　　　　　4　も

翻譯題 ....

1. ダニエルです。　イギリスから　来ました。

　　どうぞ　よろしく　お願いします。

2. 山田さんの　誕生日パーティーは、　夜　7時に　始まります。

3. 休憩時間は　12時から　1時までと　3時から　3時半までです。

4. 上星期從週一工作到週六。

5. 我晚上總是唸書到11點。

6. 我下個月要去美國。

9

でんしゃ　　とうきょう　　い
電車で　東京へ　行きます。

1　〜で（交通工具）　移動動詞

2　〜と（共同動作）　移動動詞

3　「どこかへ」＆「誰かと」

4　〜動詞ませんか／ましょう

單字

<table>
<tr><td>おとうと
弟（名/4）</td><td>弟弟</td><td>ゆうえん ち
遊園地（名/3）</td><td>遊樂園</td></tr>
<tr><td>いもうと
妹（名/4）</td><td>妹妹</td><td>えき
駅（名/1）</td><td>車站</td></tr>
<tr><td>むすこ
息子（名/0）</td><td>兒子</td><td>ひとり
1人で（連/2）</td><td>獨自一人做…</td></tr>
<tr><td>むすめ
娘（名/3）</td><td>女兒</td><td>ある
歩いて（連/2）</td><td>步行去…</td></tr>
<tr><td>かれ
彼（名/1）</td><td>男性的他、男朋友</td><td>いぜん
以前（名/1）</td><td>以前、之前</td></tr>
<tr><td>かれ し
彼氏（名/1）</td><td>男朋友</td><td>の か
乗り換え（名/0）</td><td>換車、轉乘</td></tr>
<tr><td>かのじょ
彼女（名/1）</td><td>女性的她、女朋友</td><td>どこかへ（連/1）</td><td>前往某處</td></tr>
<tr><td>ともだち
友達（名/0）</td><td>朋友、朋友們</td><td>だれ
誰かと（連/1）</td><td>和某人做…</td></tr>
<tr><td>みんな
皆（名/3）</td><td>大家、各位</td><td>どこへも（連/0）</td><td>哪兒都（沒去）</td></tr>
<tr><td>みな
皆さん（名/2）</td><td>大家、各位（打招呼時）</td><td>だれ
誰とも（連/0）</td><td>（沒）和任何人做…</td></tr>
<tr><td>ひ こう き
飛行機（名/2）</td><td>飛機</td><td>ところ
所（名/3）</td><td>地點、位置、場所</td></tr>
<tr><td>じ てんしゃ
自転車（名/2）</td><td>自行車、腳踏車</td><td>ほか
他に（副/0）</td><td>其他</td></tr>
<tr><td>し やくしょ
市役所（名/2）</td><td>市公所</td><td>はや
早く（副/1）</td><td>快點做…、早點做…</td></tr>
<tr><td>びょういん
病院（名/0）</td><td>醫院</td><td>こん ど
今度（名/1）</td><td>下次</td></tr>
</table>

さあ（感/1）	嗯...（用於遲疑時）
ええ（感/1）	嗯、對啊（用於肯定時）
ちょっと（副/1）	稍微、一會兒
ちょっと…（副/1）	不太方便（接否定）
こんにちは。（感/5）	你好

※真實地名與站名：

しんじゅくえき 新宿駅（名/1）	新宿車站
すいどうばしえき 水道橋駅（名/6）	水道橋站
ちゅうおう　　そうぶせん 中央・総武線（名/0）	中央 總武線
うえ　の　こうえん 上野公園（名/4）	上野公園
こいしかわこうらくえん 小石川後楽園（名/9）	小石川後樂園

～で（交通工具） 移動動詞

　　上一課的「句型 3」學習到了三個移動動詞「行^いきます、来^きます、帰^{かえ}ります」，並學習使用助詞「～へ」來表達移動的方向。本句型學習若欲描述移動時所使用的「手段」或「交通工具」，則使用助詞「～で」來表達。詢問交通工具的疑問詞為「何^{なに/なん}」。

　　若移動的手段為「步行」，則使用「歩^{ある}いて」表達。

例句

・（私^{わたし}は）　明日^{あした}、　電車^{でんしゃ}で　東京^{とうきょう}へ　行^いきます。（我明天要搭電車去東京。）

・A：（あなたは）　何^{なに/なん}で　ここへ　来^きましたか。（你怎麼來的？）
　B：（私^{わたし}は）　新^{あたら}しい　車^{くるま}で　ここへ　来^きました。（我開新車來的。）

・田村^{た むら}さんは　昨日^{きのう}、　自転車^{じ てんしゃ}で　来^きませんでした。　歩^{ある}いて　来^きました。
　（田村先生昨天沒有騎腳踏車來。他走來的。）

・（私^{わたし}は）　毎日^{まいにち}、　5 時^じに　バスで　家^{いえ}へ　帰^{かえ}ります。（我每天五點搭公車回家。）

・A：電車^{でんしゃ}で　来^きましたか。（你搭電車來的嗎？）
　B：いいえ、　電車^{でんしゃ}では　なくて、　バスで　来^きました。
　（不，不是＜搭＞電車，而是搭公車來的。）

1. 私は いつも 電車 で 会社 へ 行きます。
車 スーパー
自転車 図書館
歩いて 駅

1. 例：バス・家（帰ります） → バスで 家へ 帰ります。
① 船・アメリカ（行きます）→
② 飛行機・台湾（帰ります）→
③ タクシー・ここ（来ました）→

2. 例：明日・大阪（車）
→ A：明日、 何で 大阪へ 行きますか。
B：車で 行きます。
① 昨日・名古屋（新幹線）
② 明日・学校（自転車）
③ 毎日・会社（電車）

句型二

～と（共同動作） 移動動詞

　　本句型學習若欲表達「一起移動的人（共同動作者）」，則可使用助詞「～と」來表達。詢問共同動作者的疑問詞為「誰（だれ）」。

　　描述移動時所使用的「手段」或「交通工具」，則使用助詞「～で」來表達。

　　若移動並未伴隨同伴者，而為獨自一人時，則使用「一人（ひとり）で」表達。

例句

・（私（わたし）は）　明日（あした）、　妹（いもうと）と　東京（とうきょう）へ　行（い）きます。（我明天和妹妹去東京。）

・（私（わたし）は）　明日（あした）、　妹（いもうと）と　電車（でんしゃ）で　東京（とうきょう）へ　行（い）きます。

　（我明天和妹妹搭電車去東京。）

・A：（あなたは）　誰（だれ）と　ここへ　来（き）ましたか。（你和誰來的？）
　B：（私（わたし）は）　友達（ともだち）と　ここへ　来（き）ました。（我和朋友來的。）

・田村（たむら）さんは　昨日（きのう）、　奥（おく）さんと　来（き）ませんでした。　1人（ひとり）で　来（き）ました。
　（田村先生昨天沒有和他老婆一起來。他獨自一人來的。）

・（私（わたし）は）　毎日（まいにち）、　クラスメートと　バスで　家（いえ）へ　帰（かえ）ります。
　（我每天和同學搭公車回家。）

・A：ご主人（しゅじん）と　来（き）ましたか。（你和你老公來的嗎？）
　B：いいえ、　夫（おっと）では　なくて、　息子（むすこ）と　来（き）ました。
　（不，不是和我老公，而是和我兒子來的。）

1. 私は 家族 と 日本へ 来ました。
妻
友達
1人 で

1. 例：弟・デパート（行きます） → 弟と デパートへ 行きます。
① 母・ここ（来ました）→
② 姉・台湾（帰ります）→
③ 彼女・家（帰ります）→

2. 例：明日・大阪（妹）
→ A：明日、 誰と 大阪へ 行きますか。
　　B：妹と 行きます。
① 明日・図書館（友達）
② 毎日・学校（1人）
③ 昨日・名古屋（友達の 奥さん）

「どこかへ」&「誰かと」

上一課「句型 3」學習了詢問「前去場所」的疑問方式「どこへ」；本課「句型 2」學習了詢問「共同前往者」的疑問方式「誰と」。

本句型則學習「どこかへ」與「誰かと」的用法。相對於「どこへ」用來詢問「去了哪裡（問話者確定聽話者有出門）」，「どこかへ」則是詢問「是否有去哪裡（問話者不確定聽話者是否有出門）」。

同樣的，「誰と」用來詢問「和誰出門（問話者確定聽話者有出門）」，「誰かと」則是詢問「是否有和人出門（問話者不確定聽話者是否有出門）」。

因此，「どこかへ」與「誰かと」的答覆句會以「はい／いいえ」回答。

例 句

- A：昨日、　どこかへ　行きましたか。（你昨天有出去／有去了哪裡嗎？）
  B：はい、　行きました。（有的，有出去。）
  A：どこへ　行きましたか。（你去了哪裡呢？）
  B：渋谷へ　行きました。（我去了澀谷。）

- A：明日、　誰かと　池袋へ　行きますか。（你明天有要和誰去池袋嗎？）
  B：はい、　行きます。　鈴木さんと　行きます。（有，有要去。要和鈴木先生去。）

- A：昨日、　どこかへ　行きましたか。（你昨天有去了哪裡嗎？）
  B：いいえ、　どこへも　行きませんでした。（沒有。我哪兒也沒去。）

- A：一昨日、　誰かと　中野へ　行きましたか。（你前天有和誰去中野嗎？）
  B：いいえ、　誰とも　中野へ　行きませんでした。　1人で　行きました。
  （沒有。我沒有和任何人去中野。我一個人去了。）

1. A：明日、　どこか へ　行きますか。
   B：はい、　市役所 へ　行きます。
   　　　　　病院
   　　　　　図書館
   　　　いいえ、どこへ　も　行きません。

2. A：昨日、　誰かと　新宿へ　行きましたか。
   B：はい、　妹　　と　行きました。
   　　　　　友達
   　　　　　陳さん
   　　　いいえ、　1人　で　行きました。

1. 例：いつ　日本へ　来ましたか。（先週）→　先週、　来ました。
   ① 先週の　日曜日、　どこへ　行きましたか。（遊園地）
   ② 来週の　土曜日、　誰と　大阪へ　行きますか。（小林さん）
   ③ 毎日、　何 で　学校へ　来ますか。（バス）
   ④ 今晩、　何時に　寝ますか。（12時）
   ⑤ いつ　台湾へ　帰りますか。（夏休み）
   ⑥ 何曜日から　何曜日まで　働きますか。（月曜日〜金曜日）
   ⑦ ジャックさんは　どこから　来ましたか。（アメリカ）
   ⑧ この　電車は　どこまで　行きますか。（中野）

～動詞ませんか／ましょう

　　將動詞語尾的「～ます」改為「～ませんか」，即可表達「邀約對方一起做某事（兩人一起做動作）」，經常會與副詞「一緒に」一起使用。

　　正面積極回應對方的邀約時，使用「～ましょう」。若欲委婉拒絕對方的邀約，則是使用「ちょっと ...」。

　　此外，「～ましょう」亦可用於「單方面告知對方，來做一件早已預定好的事情」。

例 句

・A：明日、　（一緒に）　上野公園へ　行きませんか。

　　（明天要不要一起去上野公園呢？）

　B：【積極回應】ええ、　（一緒に）　行きましょう。（好啊，一起去吧！）

　B：【委婉拒絕】明日は　ちょっと ...。（不好意思，明天不方便。）

・A：図書館で　一緒に　勉強しませんか。（要不要一起在圖書館唸書呢？）

　B：【積極回應】ええ、　一緒に　勉強しましょう。（好啊，一起讀書吧。）

　B：【委婉拒絕】すみません、　今日は　ちょっと ...。（不好意思，今天不方便。）

・先生：皆さん、　ちょっと　休みましょう。（各位，休息一下吧。）

・先生：さあ、　勉強しましょう。（好啦，來讀書吧！）

・母親：さあ、　帰りましょう。（差不多該回家了喔！）

・母親：さあ、　行きましょう。（好啦，走吧！）

1. 起^おきます → 起^おきましょう
   寝^ねます　　　　寝^ねましょう
   終^おわります　　　終^おわりましょう
   働^{はたら}きます　　　働^{はたら}きましょう
   休^{やす}みます　　　休^{やす}みましょう
   勉強^{べんきょう}します　　勉強^{べんきょう}しましょう
   行^いきます　　　行^いきましょう
   来^きます　　　来^きましょう
   帰^{かえ}ります　　　帰^{かえ}りましょう

1. 例^{れい}：家^{いえ}へ　帰^{かえ}ります　（YES）
   → A：一緒^{いっしょ}に　家^{いえ}へ　帰^{かえ}りませんか。
   　　B：ええ、　一緒^{いっしょ}に　帰^{かえ}りましょう。
   例^{れい}：遊園地^{ゆうえんち}へ　行^いきます　（NO）
   → A：一緒^{いっしょ}に　遊園地^{ゆうえんち}へ　行^いきませんか。
   　　B：すみません、　今日^{きょう}は　ちょっと ...。
   ① 働^{はたら}きます。　（YES）
   ② 勉強^{べんきょう}します。　（NO）

49

（YouTuber 在影片當中介紹遊樂園）

皆さん、　こんにちは！　今日は　遊園地へ　来ました。　天気も　良くて、　最高です。　私は　彼氏と　電車で　来ました。　この　遊園地は　水道橋駅です。　新宿駅から　水道橋駅まで　中央・総武線で　14分です。　速いですが、　乗り換えは　大変です。

（兩個留學生看影片後討論去遊樂園）

陳：今度の　日曜日に　どこかへ　行きますか。
林：いいえ。
陳：じゃあ、　一緒に　遊園地へ　行きませんか。
林：いいですね。　行きましょう。
　　私は　遊園地が　大好きです。
陳：電車で　行きますか、　車で　行きますか。
林：車で　行きましょう。
陳：遊園地の　他に　どこかへ　行きますか。
林：そうですね。　小石川後楽園へも　行きましょう。
陳：小石川後楽園？　林さんは　以前、
　　誰かと　行きましたか。
林：いいえ。　1人で　行きました。　綺麗な　所でした。

　　大家好。今天我們來到了遊樂園！天氣也不錯，很棒。我和男朋友搭電車來的。這個遊樂園在水道橋站。從新宿車站到水道橋站，搭中央‧總武線要 14 分鐘。雖然很快，但轉車很麻煩。

陳：下週日，你有要去哪裡嗎？

林：沒有。

陳：那麼，要不要一起去遊樂園。

林：好耶，去吧！我最喜歡遊樂園了。

陳：搭電車去嗎？還是開車去？

林：開車去好了。

陳：除了遊樂園以外，你還有要去哪裡嗎？

林：嗯。 我們也（順便）去小石川後樂園吧。

陳：小石川後樂園？你以前是不是有跟誰去過了？

林：沒有。我獨自一人去的。是個漂亮的地方。

填空題 ....

1. ルイさんは、　船（　　　）　日本（　　　）　来ました。

2. 毎日、　歩い（　　　）　会社へ　行きます。

3. A：今週の　土曜日、　どこ（　　　　　）　行きますか。

　　B：はい、　病院へ　行きます。

4. A：明日、　誰（　　　）　新宿へ　行きますか。

5. 承上題 B：誰（　　　）　行きません。　1人（　　　）　行きます。

6. A：一緒（　　　）　遊園地へ　行きませんか。

7. 承上題 B：ええ、行き（　　　　　）。

8. 今日は　新幹線（　　　　）　なくて、　飛行機で　大阪へ　行きます。

選擇題 ....

1. 明日は　どこ（　）　行きません。

　　1　もへ　　　　　2　は　　　　　　　3　へも　　　　　4　へ

2. 明日、　田中先生（　）　市役所（　）　行きます。

　　1　へ／に　　　　2　と／は　　　　　3　は／と　　　　4　と／へ

3. A：いつ（　）　図書館へ　行きますか。　B：明後日（　）　行きます。

　　1　に／に　　　　2　に／✕　　　　　3　✕／に　　　　4　✕／✕

4. 先週の　日曜日、　目白から　池袋まで　（　）　行きました。

　　1　バスと　　　　　　2　電車は　　　　　3　歩いて　　　　　4　歩いで

5. A：明日、　どこ（　）　行きますか。　B：いいえ。

　　1　へも　　　　　　　2　かも　　　　　　3　かへ　　　　　　4　へは

6. A：昨日、　誰（　）　デパートへ　行きましたか。

　　B：いいえ、　誰（　）　行きませんでした。

　　1　か／も　　　　　　2　かと／とも　　　3　と／と　　　　　4　かが／とは

翻譯題

1. 先月、　家族と　飛行機で　ドバイへ　行きました。

2. 毎朝、　父と　歩いて　家の　近くの　駅まで　行きます。

3. 昨日、　図書館の　他に　どこかへ　行きましたか。

4. 明天我要和弟弟開車去遊樂園。

5. 我昨天獨自一人走回家。

6. 走吧！

10

きょうしつ　　　　ひる　はん　　　　た
教室で　昼ご飯を　食べます。

1 ～を（動作對象）

2 ～で（動作場所）

3 ～で（道具）

4 ～に（對方）

單字

食_たべます（動）	吃	
飲_のみます（動）	喝	
見_みます（動）	看、觀賞	
聞_ききます（動）	聽、問	
話_{はな}します（動）	説	
読_よみます（動）	讀	
書_かきます（動）	寫	
買_かいます（動）	買	
吸_すいます（動）	抽＜菸＞	
撮_とります（動）	照＜相＞	
会_あいます（動）	見面	
します（動）	做...	
ください（動/3）	請給我	
納豆_{なっとう}（名/3）	納豆	

おにぎり（名/2）	飯糰
パン（名/1）	麵包
ピザ（名/1）	披薩
ワイン（名/1）	葡萄酒、洋酒
ステーキ（名/2）	牛排
タバコ（名/0）	香菸
お酒_{さけ}（名/0）	日本酒、酒
牛乳_{ぎゅうにゅう}（名/0）	牛奶
動画_{どうが}（名/0）	影片
電話_{でんわ}（サ/0）	電話
写真_{しゃしん}（名/0）	照片
日記_{にっき}（名/0）	日記
手紙_{てがみ}（名/0）	信
答_{こた}え（名/2）	答案
意見_{いけん}（サ/1）	意見

音楽（名/1） おんがく	音樂	袋（名/3） ふくろ	袋子
文法（名/0） ぶんぽう	文法	服（名/2） ふく	衣服
運動（サ/0） うんどう	運動	箸（名/1） はし	筷子
物（名/2） もの	物品、東西	買い物（サ/0） か　もの	購物
こと（名/2）	事情	さっき（副/1）	剛才
宿題（名/0） しゅくだい	作業、功課	道（名/0） みち	道路
ネット（名/0或1）	網路	駅前（名/3） えきまえ	車站前
メール（名/0或1）	電子郵件	お巡りさん（名/2） まわ	親切稱呼巡警、警察
ホテル（名/1）	飯店		
ロビー（名/1）	大廳	※真實地名與店名：	
ナイフ（名/1）	餐刀	秋葉原（名/3） あき　は　ばら	秋葉原
フォーク（名/1）	叉子	アマゾン（名/1）	亞馬遜
ワイングラス（名/4）	葡萄酒杯		
ニュース（名/1）	新聞		
ドラマ（名/1）	連續劇		

句型一

～を（動作對象）

　　有別於前兩課學習的動詞，本句型要學習的動詞則是動作時，會有「對象」的存在，也就是會有目的語（受詞）的動詞。這樣的動詞，就稱作是他動詞（及物動詞）。

　　他動詞動作作用所及的對象，原則上使用「～を」表達。記憶他動詞時，可以連同「～を」的部分一起記憶下來。疑問詞為「何を」。

例句

・いつも　11時に　昼ご飯を　食べます。（我總是 11 點吃中餐。）

・さっき　コーヒーを　飲みました。（我剛剛喝了咖啡。）

・毎日、　宿題を　します（＝毎日、　宿題します）。（每天做作業。）

・日本語を　勉強します（＝日本語の　勉強を　します）。（讀日文。）

・毎朝、　おにぎりか　パンを　食べます。（每天早上吃飯糰或者是麵包。）

・大きい　iPadを　買いませんでした。　小さい　のを　買いました。
（我沒買大的 iPad。我買了小的。）

・A：昨日、　何かを　買いましたか。（昨天你有買什麼東西嗎？）
　B：はい、　買いました。（有，有買。）
　A：何を　買いましたか。（買了什麼呢？）
　B：新しい　服を　買いました。（買了新衣服。）

58

1. A：昨日、　何を　しましたか。　B：映画　を　見ました。
　　　　　　　　　　　　　　　　　　　音楽　　　聞きました。
　　　　　　　　　　　　　　　　　　　小説　　　読みました。
　　　　　　　　　　　　　　　　　　　買い物　　しました。

2. その　かばん　　　を　ください。
　　大きい　袋
　　バナナと　スイカ
　　あの　小さいの

1. 例：コーヒー・飲みます。（はい）→　A：コーヒーを　飲みますか。
　　　　　　　　　　　　　　　　　　　　B：はい、　飲みます。
　　例：日記・書きます。（いいえ）→　A：日記を　書きますか。
　　　　　　　　　　　　　　　　　　　　B：いいえ、　書きません。
　　① 納豆・食べます。（はい）
　　② タバコ・吸います。（はい）
　　③ 日本の　ドラマ・見ます。（いいえ）
　　④ 宿題・しました。（いいえ）

2. 例：食べます（パン）→　A：何を　食べましたか。　B：パンを　食べました。
　　① 飲みます（牛乳）
　　② 勉強します（日本語の　文法）
　　③ 買います（何も）

句型二

～で（動作場所）

　　助詞「～で」若與移動動詞「行きます、来ます、帰ります」一起使用，則表達「交通工具」（第9課「句型1」）。

　　本句型則是學習，若後方動詞為「動態動作」，且前接的名詞為「学校、会社、部屋、家、東京…」等表場所的名詞，則用於表達「動作施行的場所」。疑問詞為「どこで」。

例 句

・いつも　教室で　昼ご飯を　食べます。（我總是在教室吃中餐。）

・ホテルの　ロビーで　コーヒーを　飲みました。（我在飯店大廳喝了咖啡。）

・部屋で　宿題を　します（＝部屋で　宿題します）。（在房間做作業。）

・秋葉原で　iPadを　買いませんでした。　アマゾンで　買いました。
（我沒有在秋葉原買 iPad。我在亞馬遜買的。）

・A：いつも　どこで　お弁当を　買いますか。（你總是在哪裡買便當呢？）
　B：駅前の　スーパーで　買います。（在車站前的超市買。）
　A：昨日は　どこで　買いましたか。（那昨天在哪裡買的呢？）
　B：昨日は　お弁当を　買いませんでした。（昨天沒有買便當。）
　　　友達と　レストランで　晩ご飯を　食べました。（而是和朋友餐廳吃晚餐。）

1. 友達の 家で 面白い 映画を 見ました。
映画館
飛行機

2. 友達と 部屋 で テレビを 見ました。
彼女 レストラン 晩ご飯 食べました。
恋人 家 音楽 聞きました。
兄 公園 運動 しました。
1人で 教室 本 読みました。

1. 例：パソコンを 買いました（秋葉原）

→ A：どこで パソコンを 買いましたか。
B：秋葉原で 買いました。
① 昼ご飯を 食べます（駅前の 食堂）
② 日本語を 勉強しました（ヒフミ日本語学校）
③ 寝ました（彼氏の 部屋）
④ 新しい スマホを 買います（アマゾン）
⑤ タバコを 吸います（トイレ）

2. 例：家で お酒を 飲みます。 → A：家で お酒を 飲みませんか。
B：ええ、 そう しましょう。

① ホテルで 朝ご飯を 食べます。
② 部屋で 音楽を 聞きます。
③ ここで 写真を 撮ります。

～で（道具）

　　助詞「～で」，若後方動詞為動態動作，且前接的名詞為「お箸、ナイフ、フォーク、鉛筆、ボールペン、パソコン、英語、日本語…」等表示工具或方法的名詞，則用於表達此為「施行此動作的道具」。疑問詞為「何で」。

例 句

・私は　いつも　お箸で　ピザを　食べます。（我總是用筷子吃披薩。）

・昨日、　日本語で　手紙を　書きました。（昨天用日文寫了信。）

・カートで　新しい　服と　かばんを　買いました。（我用信用卡買了新衣服和包包。）

・タブレットで　小説を　読みます。（用平板電腦閱讀小說。）

・スマホで　ドラマを　見ます。　テレビでは　見ません。
（用智慧型手機看連續劇。不在電視上看。）

・A：何で　ステーキを　食べますか。（用什麼吃牛排呢？）
　B：ナイフと　フォークで　食べます。（用刀子和叉子吃。）

・いつも　スマホか　タブレットで　動画を　見ます。
（我總是用智慧型手機或者平板電腦看動畫。）

1. スマホで 写真 を 撮ります。
動画 見ます。
音楽 聞きます。
メール 書きます。
買い物 します。

1. 例：日記を 書きます（鉛筆）→ 鉛筆で 日記を 書きます。

① ワインを 飲みます（ワイングラス）
② 手紙を 書きました（英語）
③ 欲しい 物を 買いました（クレジットカード）

2. 例：タバコを 吸いますか。→ いいえ、 タバコは 吸いません。
① 映画を 見ますか。
② コーヒーを 飲みますか。
③ 日本の ドラマを 見ますか。

3. 例：現金で 買い物を しますか。（カード）
→ いいえ、 現金では 買いません。 カードで 買います。
① 妹と 新宿へ 行きますか。（弟）
② 電車で 新宿へ 行きますか。（バス）
③ ネットで 本を 買いますか。（店）
④ コンビニへ 行きますか。（スーパー）
⑤ 土曜日、 勉強しますか。（日曜日）

句型四

～に（對方）

　　「句型 1」學習了對象（受詞）必須使用「～を」。但有些動詞，如「会います」的動作對象並非「物」，而是「人」，因此動作的對象必須使用表「對方」的助詞「～に」。疑問詞為「誰に」。

　　此外，「聞きます（問）、書きます（寫）、話します（講、告訴）」等動詞，同時有「表對象（受詞）的物」以及「表對方的人」時，則兩者可同時使用：「人」使用「～に」，「物」使用「～を」。

例 句

・昨日、　デパートで　友達に　会いました。（昨天在百貨公司見了朋友。）

・私は　お巡りさんに　道を　聞きました。（我向警察先生問路。）

・昨日、　恋人に　手紙を　書きました。（昨天寫信給情人。）

・Ａ：山田さんに　その　ことを　話しましたか。（你有告訴山田先生那件事了嗎？）
　Ｂ：いいえ、　山田さんには　話しませんでした。（不，我並沒有告訴山田先生。）

・Ａ：その　ことをは　誰かに　話しましたか。（那件事，你有告訴別人嗎？）
　Ｂ：はい、　話しました。（有，我講了。）
　Ａ：誰に　話しましたか。（告訴誰？）
　Ｂ：山田さんに　話しました。（我告訴了山田小姐。）

1. 鈴木さんに
手紙	を	書きました。
答え		聞きました。
その こと		話しました。
		会いました。

2. その 手紙は 誰に
書きましたか。
答え　聞きましたか。
その こと　話しましたか。

1. 例：公園・高橋先生 → 公園で 高橋先生に 会いました。
   ① 池袋・クラスメート
   ② 図書館・ルイさん
   ③ 香港・林さん

2. 例：ボールペン・彼女・手紙 (書きます)

   → ボールペンで 彼女に 手紙を 書きます。
   ① 電話・友達・宿題の 答え (聞きました)
   ② パソコン・アメリカの 家族・メール (書きました)
   ③ ネット・皆・意見 (見ます)

（小林在台上發表作文「私の一日＜我的一天＞」）

私は、 毎朝 ７時に 起きます。 そして、 朝ご飯を 食べます。 毎日、 自転車で 日本語学校へ 行きます。 学校は ９時から 昼 12時までです。 昼は、 学校の 近くの 食堂で 昼ご飯を 食べます。 それから、 図書館へ 行きます。 図書館で その 日の 宿題を します。

午後は、 恋人の 陳さんと 一緒に スーパーへ 行きます。 晩ご飯の お弁当を 買います。

夜は、 母に 電話を します。 そして、 ネットで ニュースを 見ます。 ときどき ドラマも 見ます。

（老師詢問小林作文內容）

先生：林さん、 お父さんにも 電話を しますか。
林 ：いいえ。 父には 電話を しません。

　我每天早上七點起床。然後吃早餐。每天騎腳踏車去日本語學校。學校從 9 點開始，直到中午 12 點。中午會去學校附近的（日式）食堂吃中餐。然後去圖書館。在圖書館做當天的功課。

下午，會和我男朋友小陳一起去超市。買晚餐的便當。

晚上我會打電話給我媽媽。然後透過網路看新聞節目。有時候也會看連戲劇。

老師：小林，你也會打電話給你爸爸嗎？

陳　：不會。我不打電話給爸爸。

填空題 . . . .

1. コンビニ（　　　）　パン（　　　）　コーヒー（　　　）　買いました。

2. A：昨日、　池袋で　何（　　　）　買いましたか。　B：はい、　買いました。

3. 承上題A：何（　　）　買いましたか。　B：かばんを　買いました。

4. この　かばん、　素敵ですね。　すみません、　あの　大きい（　　）　ください。

5. A：小説を　読みますか。　B：いいえ、　小説（　　）　読みません。

6. A：バスで　行きますか。　B：いいえ、　バス（　　）　行きません。

7. 昨日、　図書館（　　）　先生（　　）　会いました。

8. 承上題：そして、　あの　こと（　　）　先生（　　）　話しました。

選擇題 . . . .

1. A：何を　買いましたか。　B：何（　）　買いませんでした。

　　1　か　　　　　　2　を　　　　　　3　で　　　　　　4　も

2. 昨日、　学校で　佐藤さん（　）　会いました。

　　1　に　　　　　　2　を　　　　　　3　で　　　　　　4　は

3. 朝は、　パン（　）　おにぎり（　）　食べます。

　　1　か／を　　　　2　を／か　　　　3　と／か　　　　4　を／を

4. 昨日、　母と　大阪へ　行きました。　父（　）　行きませんでした。

　　1　では　　　　　2　には　　　　　3　とは　　　　　4　へは

5. いつも タブレットで ドラマを 見_みます。 テレビ（ ） 見_みません。

　　1　とは　　　　　　2　では　　　　　　3　には　　　　　　4　をは

6. 土曜日_{どようび}（ ） いつも 家_{いえ}（ ） 日本語_{にほんご}（ ） 勉強_{べんきょう}（ ） します。

　　1　は／で／の／を　　　　　　　　2　に／で／を／を

　　3　は／の／を／と　　　　　　　　4　に／は／の／を

翻譯題

1. すみません、 ナイフと フォークを ください。

2. 昨日_{きのう}、 彼氏_{かれし}と ホテルの レストランで 美味_{おい}しい 料理_{りょうり}を 食_たべました。

3. 宿題_{しゅくだい}の 答_{こた}えは 誰_{だれ}に 聞_ききましたか。

4. 我和哥哥在公園做運動。

5. 我用原子筆寫信給老師。

6. 下星期要在秋葉原買新的智慧型手機。

11

きょうしつ　　　　　がくせい
教室には　学生が　います。

1 ～には　～が　（存在句）

2 ～は　～が　（所有句）

3 ～は　～に　（所在句）

4 ～や　（～など）

あります （動）	有、在
います （動）	有、在
テーブル （名/0）	桌子、餐桌
椅子 （名/0）	椅子
冷蔵庫 （名/3）	冰箱
本棚 （名/1）	書櫃，書架
箱 （名/0）	箱子
引き出し （名/0）	抽屜
ドア （名/1）	門
窓 （名/1）	窗戶
店 （名/2）	商店
売り場 （名/0）	賣場
本屋 （名/1）	書店

前 （名/1）	前面
後ろ （名/0）	後面
左 （名/0）	左邊
右 （名/0）	右邊
中 （名/1）	裡面
外 （名/1）	外面
隣 （名/0）	旁邊、鄰居
犬 （名/2）	狗
猫 （名/1）	貓
肉 （名/2）	肉
魚 （名/0）	魚
木 （名/1）	樹木
動物 （名/0）	動物
果物 （名/2）	水果

おとこ こ 男の子 （名 /3）	男孩
おんな こ 女の子 （名 /3）	女孩
こ ども 子供 （名 /0）	小孩
あいじん 愛人 （名 /0）	小三、情婦
りょうしん 両親 （名 /1）	雙親
せんぱい 先輩 （名 /0）	前輩、學長
えきいん 駅員 （名 /2）	站務員
まん が 漫画 （名 /0）	漫畫
しんぶん 新聞 （名 /0）	報紙
おもちゃ （名 /2）	玩具
はさみ （名 /3 或 2）	剪刀
じょう ぎ 定規 （名 /1）	尺
け 消しゴム （名 /0）	橡皮擦
うで どけい 腕時計 （名 /3）	手錶
シャツ （名 /1）	襯衫

した ぎ 下着 （名 /0）	內衣褲
きっ ぷ 切符 （名 /0）	車票
きっ て 切手 （名 /0）	郵票
じ かん 時間 （名 /0）	時間
よう じ 用事 （名 /0）	要辦的事情
やくそく 約束 （サ /0）	約定
しょく じ 食事 （サ /0）	用餐、飲食

～には　～が　（存在句）

　　本句型學習兩個表存在的動詞，分別為「あります（有／在）、います（有／在）」。存在主體若為物品或者是植物等無情物，則使用動詞「あります」，存在主體若為人類或動物等有情物，則使用動詞「います」。

　　以「場所には　主體が　あります／います」的句型，來表達「某處存在著某物品或某人」。

　　「疑問句」或「否定句」時，主體亦可使用助詞「～は」。但若主體部分為「誰、何」等疑問詞時，則「疑問句」時僅可使用助詞「～が」，「否定句」時僅可使用助詞「～も」。

例句

・教室_{きょうしつ}には　机_{つくえ}が　あります。（教室裡有桌子。）
・教室_{きょうしつ}には　学生_{がくせい}が　います。（教室裡有學生。）

・テーブルの　上_{うえ}には　本_{ほん}が　あります。（桌上有書。）
・テーブルの　下_{した}には　犬_{いぬ}が　います。（桌子下面有狗。）

・教室_{きょうしつ}には　机_{つくえ}が（or は）　ありますか。（教室裡有桌子嗎？）
・教室_{きょうしつ}には　学生_{がくせい}が（or は）　いません。（室裡沒有學生。）

・部屋_{へや}には　何_{なに}が　ありますか。（房間裡有什麼呢？）
・部屋_{へや}には　誰_{だれ}も　いません。（房間裡沒有任何人。）

1. 部屋 には テレビ が あります。
　 駅の 近く 　　公園
　 箱の 中 　　おもちゃ
　 店の 前 　　車

2. 部屋 には 猫 が います。
　 会社 　　外国人
　 机の 下 　　男の 子
　 車の 後ろ 　　女の 子

3. この 駅には 切符売り場 が（or は）ありません。
　　　　　　　 駅員 　　　　　　　いません。

1. 例：木・下（犬）　→　木の 下には 犬が います。
　 ① テーブル・上（コーヒー）　② 冷蔵庫・中（ケーキ）
　 ③ ドア・前（子供）　　　　② 公園・中（駅）

2. 例：事務室・誰（佐藤）　→　A：事務室には 誰が いますか。
　　　　　　　　　　　　　　　B：佐藤さんが います。
　 ① 窓の 右・何（本棚）　　② 佐藤さんの 左・誰（小林さん）
　 ③ かばんの 中・何（何も）　④ 私の 後ろ・誰（誰も）

75

～は　～が　（所有句）

「句型1」學習到的動詞「あります、います」，除了可用於表達「存在」以外，亦可表達「所有（某人擁有某物品或某人）」。以「某人は　物品或人が　あります／います」的句型，來表達此人擁有某物品、某人。

「疑問句」或「否定句」時，主體亦可使用助詞「～は」。

若欲表達某事的理由，只需在前句後方加上「～から」即可表達「因為...」。

例 句

・ 私は　車が　あります。（我有車子。）
・ 私は　息子が　います。（我有兒子。）

・ あなたは　車が（or は）　ありますか。（你有車嗎？）
・ 私は　息子が（or は）　いません。（我沒有兒子。）

・ （私は）　今日、　用事が　ありますから、　早く　帰ります。
（我今天因為有事，所以要提早回去了。）
・ （私は）　昨日、　約束が　ありましたから、　勉強しませんでした。
（我昨天因為有約，所以沒有讀書。）

1. 私は　お金　が　　　　　あります。
　　　　 用事
　　　　 時間　が（or は）　ありません。
　　　　 車

2. 田中先生は　奥さん　が　　　　　います。
　　　　　　　 娘さん
　　　　　　　 息子さん　が（or は）　いません。
　　　　　　　 愛人

1. 例：王さん・恋人（はい）　→　A：王さんは　恋人が　いますか。
　　　　　　　　　　　　　　　　B：はい、　います。
　　① 陳さん・自転車（いいえ）
　　② 高橋先生・家族（いいえ）
　　③ 渡辺社長・時間（はい）
　　④ 鈴木さん・彼女（はい）

2. 例：コンビニの　お弁当を　食べます。（時間が　ありません）
　　→　時間が　ありませんから、　コンビニの　お弁当を　食べます。
　　① 会社を　休みました。（約束が　あります）
　　② 毎日　歩いて　学校へ　行きます。（お金が　ありません）
　　③ 早く　寝ます。（明日　仕事が　あります）
　　④ 他の　女性とは　一緒に　食事を　しません。（妻が　います）

～は ～に （所在句）

　　所在句用於找尋特定的主體：「人」、「物品」或是「場所」所在的位置。因此這個句型多半會使用於一問一答當中，並以「主體は　場所に　あります／います」的形式來表達其位在何方。

　　「所在句」的肯定句與疑問句時，亦可直接使用「～は　～です」句型來取代（第 3 課「句型 2」），但否定句時較少使用「～は　～ではありません」的表達方式。

例 句

・A：林さんは　どこに　いますか。（林小姐在哪裡呢？）

　（＝林さんは　どこですか。）

　B：林さんは　教室に　います。（林小姐在教室。）

　（＝林さんは　教室です。）

・A：私の　本は　どこに　ありますか。（我的書在哪裡呢？）

　（＝私の　本は　どこですか。）

　B：あなたの　本は　机の　上に　あります。（你的書在桌子上。）

　（＝あなたの　本は　机の　上です。）

・A：高橋先生は　研究室に　いますか。（高橋老師在研究室嗎？）

　B：はい、　高橋先生は　研究室に　います。（是的，高橋老師在研究室。）

　　いいえ、　高橋先生は　研究室に（or には）　いません。

　（不，高橋老師不在研究室。）

1. 日本語の　辞書は　　本棚　　　　　　に　あります。
　　今日の　新聞は　　テーブルの　上
　　私の　会社　　　　新宿
　　銀行　　　　　　　駅の　隣

2. 渡辺社長　　は　　会議室　　　　　に　います。
　　陳さんの　犬　　部屋の　中
　　私の　夫　　　　アメリカ
　　駅員　　　　　　改札口の　前

1. 例：本屋（駅の　近く）→　A：本屋は　どこに　ありますか。
　　　　　　　　　　　　　　　B：（本屋は）　駅の　近くに　あります。
　　① 駅（学校の　前）
　　② 私の　スマホ（先生の　机の　上）
　　③ はさみ（引き出しの　中）
　　④ 先生の　ボールペン（どこにも）

2. 例：朴さん（教室の　外）→　A：朴さんは　どこに　いますか。
　　　　　　　　　　　　　　　B：（朴さんは）　教室の　外に　います。
　　① 中村さん（会議室）
　　② 社長（階段の　前）
　　③ 田中先生の　息子さん（イギリス）
　　④ ルイさんの　猫（どこにも）

句型四

～や　（～など）

　　我們曾經在第 7 課「句型 4」學習到用來表示「兩個名詞的並列」的助詞「～と」。例如：「本と鉛筆」、「りんごとバナナ」…等。

　　相較於「～と」是將所有的東西**全部列出**，「～や」則是**部分列舉**，就只是說出代表性的幾項物品（兩個以上）。

　　此用法經常在最後一個名詞後接上「～など（等等）」，語感中帶有除了列舉出的物品以外，還暗示著其他的物品存在。

例句

・机の　上には、　本と　鉛筆　が　あります。（桌上有書和鉛筆。）
・机の　上には、　本や　鉛筆（など）が　あります。（桌上有書和鉛筆等物。）

・私の　部屋には、　テレビや　パソコン（など）が　あります。
　（我的房間裡有電視跟電腦之類的東西。）

・公園には、　犬や　猫（など）が　います。（公園裡有小狗及貓咪等。）
・公園には、　犬や　猫などの　動物が　います。（公園裡有小狗及貓咪等動物。）

・私は　パソコンや　タブレット（など）が　あります。
　（我擁有電腦和平板電腦之類的東西。）

・私は　いつも　スマホや　タブレット（など）で　動画を　見ます。
　（我總是用智慧型手機和平板電腦等機器 > 來看影片。）

1. 引き出しの　中には　はさみ　　や　定規　（など）が　あります。
古い　写真　　　　　　　手紙
腕時計　　　　　　　　　眼鏡

2. 雑誌や　漫画などの　本　　　　　は　その　箱に　あります。
下着や　シャツなどの　服
鉛筆や　消しゴムなどの　文房具

1. 例：昨日、　食べました（肉や　魚を）

→　昨日、　肉や　魚を　食べました。

① パーティーで　会いました（先生や　クラスメートに）

② いつも　お弁当を　買います（スーパーや　コンビニで）

③ 昨日、　手紙を　書きました（友達や　両親に）

④ いつも　病院へ　行きます（バスや　電車で）

⑤ 私は　果物が　好きです（りんごや　バナナなどの）

⑥ 私の　会社には　外国人が　います（韓国人や　中国人などの）

（小陳詢問朴學長）

陳 ：先輩、 学校の 中には 郵便局が ありますか。

朴 ：いいえ、 学校の 中には 郵便局は ありません。

陳 ：じゃあ、 コンビニは ありますか。

家族に 手紙を 書きますから、 切手が 欲しいです。

朴 ：切手？ あっ、 ルイさん ありますよ。

陳 ：そうですか。 ルイさんは 今、 どこに いますか。

朴 ：あそこに 階段が ありますね。

階段の 後ろに 会議室が あります。 ルイさんは
会議室です。

（小陳詢問路易）

陳 ：ルイさん、 すみませんが、 切手 ありますか。

ルイ：ありますよ。 いくらの 切手が 欲しいですか。

陳 ：じゃあ、 94 円の 切手を ください。

ルイ：はい、 どうぞ。

陳 ：ありがとう ございます。

陳　　：學長，學校裡面有郵局嗎？

朴　　：沒有，學校裡面沒有郵局。

陳　　：那有便利商店嗎？

　　　　因為我要寫信給家人，我想要郵票。

朴　　：郵票？啊！路易有喔。

陳　　：是喔。路易現在在哪裡呢？

朴　　：那裡有樓梯對吧。

　　　　樓梯後面有間會議室。路易先生在會議室那裡。

陳　　：路易，不好意思，你有郵票嗎？

ルイ：有喔。你想要多少錢的郵票。

陳　　：那請給我 94 塊錢的郵票。

ルイ：來，給你。

陳　　：謝謝。

填空題 ....

1. 机の 上には 辞書（　　　　）　あります。

2. 椅子の 下には 何（　　　　）　ありません。

3. 私は 妻（　　　　）　います。

4. A：箱の 中に 何（　　　　）　ありますか。　B：はい、　あります。

5. 承上題 A：何（　　　　）　ありますか。
   B：写真（　　　　）　手紙などが　あります。

6. 今日、　約束が　あります（　　　　　　）、　家へ　帰りません。

7. 私の 眼鏡（　　　）　どこに　ありますか。

8. 魚や 肉など（　　　　）　食べ物は　冷蔵庫に　あります。

選擇題 ....

1. 駅の　（　　）には　スーパーが　あります。
   1　近い　　　　　　2　近く　　　　　3　近の　　　　　4　近

2. あなたの　部屋には　パソコン（　）　ありますか。
   1　を　　　　　　2　は　　　　　　3　に　　　　　　4　の

3. 会議室には　誰（　）　いますか。
   1　は　　　　　　2　も　　　　　　3　が　　　　　　4　を

4. あなたは　パソコンが　（　　）か。

　　1　あります　　　　2　います　　　　3　します　　　　4　買^かいます

5. A：先生^{せんせい}は　教室^{きょうしつ}に　いますか。　B：先生^{せんせい}は　教室^{きょうしつ}（　　）　いません。

　　1　は　　　　　　　2　が　　　　　　　3　には　　　　　　4　も

6. パーティーで　ケーキ（　　）　果物^{くだもの}（　　）　食^たべました。

　　1　や／を　　　　　2　を／や　　　　　3　と／と　　　　　4　を／など

翻譯題 ·

1. グニエルさんの　かばんの　中^{なか}には　何^{なに}が　ありますか。

2. 私^{わたし}は　息子^{むすこ}が　いますが、　娘^{むすめ}は　いません。

3. 妻^{つま}は　どこにも　いません。

4. 佐藤先生的房間有個女人。

5. 我有智慧型手機和電腦。

6. 我的家人在台灣。

12

薬は 1日に 3回 飲みます。

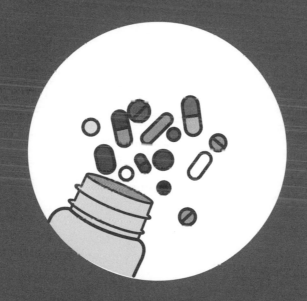

たくさん （副 /0）	許多、很多	くすり 薬 （名 /0）	藥品
おおぜい 大勢 （副 /0）	許多人	ねつ 熱 （名 /2）	發燒
すこ 少し （副 /2）	稍微、一點	かぜ 風邪 （名 /0）	感冒
ぜんぜん 全然 （副 /0）	完全沒有	ばんぐみ 番組 （名 /0）	電視節目
ぐらい （副助 /1）	大約	ゆうびん 郵便 （名 /0）	郵件、信件
だけ （副助 /0）	只有	はいたつ 配達 （サ /0）	投遞、配送
しか （副助 /1）	只有（後接否定）	の もの 飲み物 （名 /2）	飲料、飲品
ごろ （接尾 /1）	時間上的左右	まい 〜枚 （助數）	... 張
どのぐらい （疑 /0）	大約多少、多久	だい 〜台 （助數）	... 台
なんにん 何人か （連 /1）	數個人	ほん/ぼん/ぽん 〜 本 （助數）	... 根
		ひき/びき/ぴき 〜 匹 （助數）	... 隻
くに 国 （名 /0）	國家	はい/ばい/ぱい 〜 杯 （助數）	... 杯
じっか 実家 （名 /0）	娘家、老家	さつ 〜冊 （助數）	... 本、冊
ちゅうしゃじょう 駐車場 （名 /0）	停車場	さい 〜歳 （助數）	... 歲
かみ 紙 （名 /2）	紙張	かい/がい 〜 階 （助數）	... 樓

〜回 （助數） かい	... 次、回
〜個 （助數） こ	... 個
〜番 （助數） ばん	第 ...
〜時間 （助數） じ かん	... 小時
〜週間 （助數） しゅうかん	... 星期、禮拜
〜ヶ月 （助數） か げつ	... 個月
〜年 （助數） ねん	... 年
痛い （イ /2） いた	疼痛
散歩 （サ /0） さん ぽ	散步
ビール （名 /1）	啤酒
ハワイ （名 /1）	夏威夷
オリンピック （名 /4）	奧運會

句型一

副詞

　　第 4 課「句型 1」學習了「とても」與「あまり」兩個副詞，本課接著繼續學習「たくさん（很多）」、「少し（一些、一點點）」、「全然〜ない（完全沒）」三個副詞。除了「とても」以外，其餘四者可與「あります／います」一起使用。

　　「あまり」與「全然」必須與否定形一起使用。

　　若要描述「人很多」，亦可使用「大勢」一詞。若要描述「人或動物有一點點」，則較少使用「少し」，取而代之使用「何人か」「何匹か」。

例 句

・ 本棚には　本が　**たくさん**　あります。（書架上有很多書。）

・ 冷蔵庫には　食べ物が　**少し**　あります。（冰箱裡有一些食物。）

・ 彼は　友達が　**あまり**　いません。（他沒什麼朋友。）

・ 公園には　人が　**全然**　いません。（公園裡完全沒人。）

・ ホテルの　ロビーには、　外国人が　**たくさん／大勢**　います。
（飯店的大廳有許多外國人。）

・ 公園には　猫が　（？少し／○何匹か）　います。（公園裡面有幾隻貓。）

1. 彼は　お金が　<u>たくさん</u>　あります。

　　　　　　　<u>少し</u>

　　　　　　　<u>あまり</u>　　あり ません。

　　　　　　　<u>全然</u>

2. 私の　学校には、　外国人が　<u>たくさん</u>　います。

　　　　　　　　　　　　　　<u>大勢</u>

　　　　　　　　　　　　　　<u>何人か</u>

　　　　　　　　　　　　　　<u>あまり</u>　　いません。

　　　　　　　　　　　　　　<u>全然</u>

1. 例：この　町・美味しい　店（全然）

　　→　この　町には、　美味しい　店が　全然　ありません。
　① 本棚・英語の　本（あまり）
　② 教室・男の　子（大勢）
　③ 箱の　中・写真や　手紙など（たくさん）

2. 例：ジャックさん・アメリカドル（少し）

　　→　ジャックさんは、　アメリカドルが　少し　あります。
　① 高橋先生・日本語の　本（たくさん）
　② 渡辺社長・愛人（たくさん）
　③ 彼女・欲しい　物（全然）

數量詞Ⅰ

數量詞，就是數字（數詞）＋「本、冊、階、回」…等單位的（助數詞）
之組合。「句型 1」學習了使用副詞「たくさん、少し、あまり〜ない、全然
〜ない」來表達「大概」的量，本句型則是使用數量詞來表達出「確切」的量。

數量詞擺放的位置與副詞相同。下表整理出常見的數量詞講法：

	〜つ	〜人	〜枚	〜台	〜本	〜匹	〜杯
1	ひとつ	ひとり	いちまい	いちだい	いっぽん	いっぴき	いっぱい
2	ふたつ	ふたり	にまい	にだい	にほん	にひき	にはい
3	みっつ	さんにん	さんまい	さんだい	さんぼん	さんびき	さんばい
4	よっつ	よにん	よんまい	よんだい	よんほん	よんひき	よんはい
5	いつつ	ごにん	ごまい	ごだい	ごほん	ごひき	ごはい
6	むっつ	ろくにん	ろくまい	ろくだい	ろっぽん	ろっぴき	ろっぱい
7	ななつ	ななにん／しちにん	ななまい	ななだい	ななほん	ななひき	ななはい
8	やっつ	はちにん	はちまい	はちだい	はっぽん	はっぴき	はっぱい
9	ここのつ	きゅうにん	きゅうまい	きゅうだい	きゅうほん	きゅうひき	きゅうはい
10	とお	じゅうにん	じゅうまい	じゅうだい	じゅっぽん／じっぽん	じゅっぴき／じっぴき	じゅっぱい／じっぱい
疑問	いくつ	なんにん	なんまい	なんだい	なんぼん	なんびき	なんばい

（※ 註：隨著前接的數字不同，數量詞或者數字會產生發音上的變化，詳細請參考上表粗體字部份。）

「～つ」用來數物品的數量，1～10 為特殊念法，必須死記。

「～人」用來數人數，1~2 人為特殊念法，必須死記。

「～枚」用來數薄片狀物品，例如：「紙、シャツ、チケット…等」。

「～台」用來數可移動的機械物品，例如：「テレビ、車、バイク、パソコン…等」。

「～本」用來數細長型的條狀物，例如：「鉛筆、ボールペン、傘、木…等」。

「～匹」用來數「犬、猫、魚…等」動物。

「～杯」用來數裝入容器中的飲料或食物，
　　　例如：「水、コーヒー、ビール、ご飯…等」。

例 句

・りんごを　２つ　買いました。（買了兩個蘋果。）

・ホテルの　ロビーには　外国人が　２人　います。（飯店的大廳有兩位外國人。）

・チケットを　１枚　ください。（請給我一張票。）

・私の　部屋には　パソコンが　２台　あります。（我的房間有兩台電腦。）

・机の　上には　鉛筆が　２本　あります。（桌上有兩支鉛筆。）

・机の　下には　猫が　２匹　います。（桌下有兩隻貓。）

・ビールを　３杯　飲みました。（我喝了三杯啤酒。）

・私の　部屋には、　机が　１つと　椅子が　２つと　ベッドが　１つ　あります。
（我的房間有一張桌子跟兩張椅子以及一張床。）

數量詞 II

　　本句型延續「句型 2」的數量詞。數量詞後方可加上「ぐらい（大概）」來表達此為大約的數量，亦可加上「だけ（只有）」或「しか～ない（只有，後需接否定）」來表達數量稀少的含義。

	～冊	～歲	～階	～回	～個	～番	～円
1	**いっさつ**	**いっさい**	**いっかい**	**いっかい**	**いっこ**	いちばん	いちえん
2	にさつ	にさい	にかい	にかい	にこ	にばん	にえん
3	さんさつ	さんさい	**さんがい**	さんかい	さんこ	さんばん	さんえん
4	よんさつ	よんさい	よんかい	よんかい	よんこ	よんばん	よんえん／よえん
5	ごさつ	ごさい	ごかい	ごかい	ごこ	ごばん	ごえん
6	ろくさつ	ろくさい	**ろっかい**	**ろっかい**	**ろっこ**	ろくばん	ろくえん
7	ななさつ	ななさい	ななかい	ななかい	ななこ	ななばん	ななえん
8	**はっさつ**	**はっさい**	**はっかい／はちかい**	**はっかい**	**はっこ**	はちばん	はちえん
9	きゅうさつ	きゅうさい	きゅうかい	きゅうかい	きゅうこ	きゅうばん	きゅうえん
10	**じゅっさつ／じっさつ**	**じゅっさい／じっさい**	**じゅっかい／じっかい**	**じゅっかい／じっかい**	**じゅっこ／じっこ**	じゅうばん	じゅうえん
疑問	なんさつ	なんさい	**なんがい**	なんかい	なんこ	なんばん	なんえん

「～冊」為書本的單位。

「～歲」為年齡的單位，亦可寫作「～才」。「二十歲」多唸作「はたち」。

「～階」為樓層的單位。「～回」為次數的單位。

「～個」用來數小物品，例如：「消しゴム、卵…等」。

「～番」為順序的單位。「～円」為日圓的單位。

例句

・本を　1冊だけ　読みました。（我只讀了一本書。）

・私は　ハワイへ　6回ぐらい　行きました。（我去了夏威夷大概六次。）

・冷蔵庫には、　卵が　2個　しか　ありません。（冰箱裡只有兩顆蛋。）

・切手を　1枚と　はがきを　3枚　ください。（請給我一張郵票和三張明信片。）

・A：どのぐらい　日本語を　勉強しましたか。（你學日文多久了？）
　B：1年ぐらい　勉強しました。（學了大概一年。）
　A：1年だけですか。　上手ですね。（只學一年啊。日文說得真棒！）

練習B

1. 例：私の　会社には　外国人が　います（10人ぐらい）
　→　私の　会社には　外国人が　10人ぐらい　います。
　① 夏休みに　本を　読みます。（5冊ぐらい）
　② 飛行機で　ワインを　飲みました。（5杯ぐらい）
　③ スーパーで　りんごを　買いました。（1つだけ）
　④ パーティーで　写真を　撮りました。（1枚だけ）
　⑤ 駐車場には　車が　あります。（1台しか）
　⑥ タバコを　吸いました。（3本しか）

～に ○回（比例基準）

　　若要表示行為發生／施行的頻率，可使用「○年／○日／○週間／週／月…」等表「期間」的詞彙，加上「～に ○回（次數）」，即可表達發生／施行的頻率。關於期間的講法，可參考下頁附表。

　　本句型亦可加上「句型3」學習到的「ぐらい」、「だけ」、「しか ～ない」一起使用。

例 句

・1日に 3回 ご飯を 食べます。（一天吃三次飯。）

・私は、 年に 2回 ハワイへ 行きます。（我一年去兩次夏威夷。）

・この 薬は、 6時間に 1回 飲みます。（這個藥六小時吃一次。）

・3ヶ月に 1回ぐらい 病院へ 行きます。（三個月左右去一次醫院。）

・A：週に 何回 スーパーへ 行きますか。（你一週去幾次超市呢？）
　B：週に 1回しか スーパーへ 行きません。（我一週只去一次超市。）

・日本語の 授業は 週に 1回だけです。（日文課每週一次。）

1. 1日に　3回ぐらい　薬を　飲みます。
　　　　　　　　　　　ご飯を　食べます。
　　　　　　　　　　　タバコを　吸います。

2. (1) 年に　1回しか　映画を　見ません。
　　　　　　　　　　　服を　買いません。
　　　　　　　　　　　実家へ　帰りません。
　　　　　　　　　　　図書館へ　行きません。

3. オリンピック　は　4年　に　1回だけです。
　　会議　　　　　　　2ヶ月
　　この　番組　　　　1週間
　　郵便の　配達　　　1日

練習B

1. 例：1週間・日本語を　勉強します（2）
　　→　A：1週間に　何回　日本語を　勉強しますか。
　　　　B：（1週間に）　2回　勉強します。
　　① 1ヶ月・スーパーへ　行きます（6）
　　② 1日・犬の　散歩を　します（3）
　　③ 1年・国へ　帰ります（1）
　　④ 1時間・トイレへ　行きます（2）

※ 附表：「期間」的講法：

1分（間）	いっぷん（かん）	6分（間）	ろっぷん（かん）
2分（間）	にふん（かん）	7分（間）	ななふん（かん）
3分（間）	さんぷん（かん）	8分（間）	はっぷん（かん）
4分（間）	よんぷん（かん）	9分（間）	きゅうふん（かん）
5分（間）	ごふん（かん）	10分（間）	じゅっぷん（かん）／ じっぷん（かん）較少用
何分間	なんぷんかん		

1時間	いちじかん	6時間	ろくじかん
2時間	にじかん	7時間	ななじかん／しちじかん
3時間	さんじかん	8時間	はちじかん
4時間	よじかん（× しじかん）	9時間	くじかん（× きゅうじかん）
5時間	ごじかん	10時間	じゅうじかん
何時間	なんじかん		

1日間	いちにちかん	6日間	むいかかん
2日間	ふつかかん	7日間	なのかかん
3日間	みっかかん	8日間	ようかかん
4日間	よっかかん	9日間	ここのかかん
5日間	いつかかん	10日間	とおかかん
何日間	なんにちかん		

1 週間	いっしゅうかん	6 週間	ろくしゅうかん
2 週間	にしゅうかん	7 週間	ななしゅうかん
3 週間	さんしゅうかん	8 週間	はっしゅうかん
4 週間	よんしゅうかん	9 週間	きゅうしゅうかん
5 週間	ごしゅうかん	10 週間	じゅっしゅうかん
何週間	なんしゅうかん		

1 ヶ月	いっかげつ	6 ヶ月	ろっかげつ
2 ヶ月	にかげつ	7 ヶ月	ななかげつ
3 ヶ月	さんかげつ	8 ヶ月	はちかげつ／はっかげつ
4 ヶ月	よんかげつ	9 ヶ月	きゅうかげつ
5 ヶ月	ごかげつ	10 ヶ月	じゅっかげつ
何ヶ月	なんかげつ		

1 年	いちねん	6 年	ろくねん
2 年	にねん	7 年	ななねん／しちねん
3 年	さんねん	8 年	はちねん
4 年	**よ**ねん（× よんねん）	9 年	きゅうねん（くねん較少用）
5 年	ごねん	10 年	じゅうねん
何年	なんねん		

（小林留紙條給小陳）

陳<ruby>チン</ruby>さんへ

　今日、　友達と　新宿へ　行きます。　晩ご飯は　作りません。　テーブルの　上には　お弁当が　１つ　あります。　バナナも　１本　あります。　飲み物は　冷蔵庫です。　夜　１１時ごろに　帰ります。

　　　　　　　　　　　　　　　　　　　　林より

（小陳打手機給小林）

陳　：もしもし、　うちには　風邪薬か　頭痛薬が　ありますか。

林　：ありますよ。　風邪薬は　私の　部屋に　あります。

陳　：風邪薬だけですか。　私は　頭が　痛くて、
　　　熱も　少し　あります。

林　：そうですか。　じゃあ、　今日は　早く　帰ります。
　　　頭痛薬を　買いますね。

陳　：ありがとう。
　　　あっ、　それから、　ビールも　１本　お願いします。

給小陳

　我今天和朋友去新宿。不做晚餐。桌上有一個便當。也有一根香蕉。飲料在冰箱裡。晚上 11 點左右會回家。

　　　　　　　　　　　　　　　　　　　　　　　　　　　　　小林

陳：喂，我們家有沒有感冒藥或頭痛藥呢？

林：有喔，感冒藥在我房間。

陳：只有感冒藥喔。我頭很痛，而且還有點發燒。

林：是喔。那我今天早點回家。我會買頭痛藥喔。

陳：謝謝。啊，然後，也麻煩（買）一罐啤酒。

填空題

1. 公園には　子供が　大勢　い（　　　　　）。

2. この　町には、　面白い　所が　全然　あり（　　　　　）。

3. 机の上に　本が　1（　　　）　あります。

4. 紙を　1（　　　）　ください。

5. 缶コーヒーを　3（　　　）　飲みました。

6. 昨日、　りんごを　1つ（　　　　　）　食べませんでした。

7. 週（　　　）　3回、　運動を　します。

8. タバコを　ください。　あっ、　（　　　　　）　ビールも　ください。

選擇題

1. 私（　）　息子（　）　2人　います。

　　1　は／に　　　　2　に／で　　　　3　は／が　　　　4　では／を

2. 教室には　学生が　全然　（　）。

　　1　あります　　　2　います　　　3　ありません　　　4　いません

3. すみませんが、　風邪薬（　）　どこ（　）　ありますか

　　1　が／に　　　　2　に／が　　　　3　は／に　　　　4　に／は

4. 駅まで　タクシーで　800円（　）　です。

　　1　しか　　　　2　ぐらい　　　　3　も　　　　4　など

5.この　図書館には、　日本語の　本が　（　）　あります。
　　1　たくさん　　　　2　大勢　　　　　　3　あまり　　　　　　4　100本

6.私は、　年（　）　3回（　）　大阪へ　行きます。
　　1　に／ぐらい　　2　で／しか　　　3　に／しか　　　　　4　に／で

翻譯題

1.駐車場には　車が　5台　あります。

2.A：どのぐらい　日本に　いましたか。　B：1年ぐらい　いました。

3.週に　1回しか　会社へ　行きません。

4.我昨天睡了 12 小時左右。

5.我的房間有兩台電腦。

6.我一年去兩次日本。

填空題 ···

01. 会社は　午前　9時（　　　　　）　午後　5時（　　　　　）　です。

02. 休みは　土曜日（　　　　）　日曜日です。

03. A：今日は　何（　　　　）日ですか。　B：子供の　日です。

04. 毎日、　朝　7時（　　　）　起きます。

05. 昨日は　午後　1時（　　　　　）　寝ました。

06. 昨日、　勉強しました。　今日（　　　　　）　勉強しませんでした。

07. 会議は　何時（　　　　　）　始まりますか。

08. 先週、　自転車で　小石川後楽園（　　　　）　行きました。

09. ルイさんは　（　　　　）で　学校へ　来ましたか。

10. A：昨日、　誰（　　　　）　家へ　帰りましたか。

11. 承上題B：1人（　　　　）　帰りました。

12. A：一緒（　　　　）　食事を　しませんか。

13. 承上題B：すみません、　今日（　　　　）　ちょっと …。

14. ダニエルさんは　どこ（　　　　　）　来ましたか。

15. 今日は　電車では　なくて、　歩い（　　　　）　来ました。

16. スーパー（　　　　）、　ケーキ（　　　　）　果物（　　　　）　買いました。

17. A：昨日、　どこ（　　　　　　）　行きましたか。

　　 B：はい、　中野へ　行きました。

18. A：昨日、　誰（　　　　　　　）　食事を　しましたか。

　　 B：いいえ、　1人で　食べました。

19. A：店で　何（　　　　　　）　買いましたか。

　　 B：いいえ、　何も　買いませんでした。

20. A：教室に　誰（　　　　）　いますか。　B：はい、　山田先生が　います。

21. A：コーヒーを　飲みますか。

　　 B：いいえ、　コーヒー（　　　）　飲みません。

22. かばんの　中（　　　　　　）　何が　ありますか。

23. 私の　辞書（　　　）　どこに　ありますか。

24. この　薬（　　　）、　1日（　　　　）　3回　飲みます。

25. お金が　ありません（　　　　　　）、　休みの　日は　どこへも　行きません。

26. 私は　子供（　　　）　いません。

27. 伊藤さんは　子供が　1人（　　　　　）　いません。

28. 94円の　切手（　　　）　1枚　ください。

選擇題 ···

01. この　マンションの　家賃^{や ちん}は　（　　）ですか。

　　1　どれ　　　　　　2　いくら　　　　　3　いつ　　　　　　4　なん

02. 陳^{チン}さんの　電話番号^{でん わ ばんごう}は　（　　）ですか。

　　1　なんごう　　　　2　なんばん　　　　3　いくら　　　　　4　いくつ

03. 今日^{きょう}は　水曜日^{すいようび}です。　明日^{あした}は　（　　）曜日^{ようび}です。

　　1　金^{きん}　　　　　2　木^{もく}　　　　　3　火^か　　　　　4　月^{げつ}

04. A：昨日^{きのう}、　どこか　行^いきましたか。

　　B：いいえ、　どこ（　　）　行^いきませんでした。

　　1　へ　　　　　　　2　に　　　　　　　3　まで　　　　　　4　も

05. A：昨日^{きのう}、　誰^{だれ}（　　）　遊園地^{ゆうえんち}へ　行^いきましたか。

　　B：いいえ、　誰^{だれ}（　　）　行^いきませんでした。　1人^{ひとり}で　行^いきました。

　　1　か／も　　　　　2　かと／とも　　　3　と／と　　　　　4　かが／とは

06. A：何^{なに}かを　買^かいましたか。　B：いいえ、　何^{なに}（　　）　買^かいませんでした。

　　1　か　　　　　　　2　を　　　　　　　3　でも　　　　　　4　も

07. 来週^{らいしゅう}、　家族^{かぞく}（　　）　アメリカ（　　）　行^いきます。

　　1　へ／に　　　　　2　と／は　　　　　3　と／へ　　　　　4　は／と

08. 朝^{あさ}は　パン（　　）　おにぎり（　　）　食^たべます。

　　1　を／を　　　　　2　を／か　　　　　3　か／を　　　　　4　と／か

09. 昨日、 デパートで クラスメート （ ） 会いました。

1 に　　　　　　2 を　　　　　　3 で　　　　　　4 は

10. 先月、 彼女と ドバイへ 行きました。 家族 （ ） 行きませんでした。

1 とは　　　　　2 には　　　　　3 へは　　　　　4 では

11. 先月、 彼女と ドバイへ 行きました。
ニューヨーク （ ） 行きませんでした。

1 とは　　　　　2 には　　　　　3 へは　　　　　4 では

12. デパートには 客が 全然 （ ）。

1 あります　　　2 います　　　　3 ありません　　4 いません

13 魚や 肉 （ ） 食べ物は 冷蔵庫に あります。

1 は　　　　　　2 など　　　　　3 などの　　　　4 などは

14. 学校の （ ）には 美味しい レストランが あります。
1 近い　　　　　2 近く　　　　　3 近の　　　　　4 近で

15. 明日、 仕事が ありますから、 今日は （ ） 寝ます。
1 早い　　　　　2 早く　　　　　3 早の　　　　　4 近で

16. コーヒーを ください。 あっ、 （ ） ケーキも ください。

1 そして　　　　2 それから　　　3 ですから　　　4 ですが

17. 缶ジュースを 1 （ ） ください。
1 杯　　　　　　2 本　　　　　　3 缶　　　　　　4 個

日本語 - 02

穩紮穩打日本語 初級 2

編　　　　著	目白 JFL 教育研究会	
代　　　　表	TiN	
排 版 設 計	想閱文化有限公司	
總 編 輯	田嶋 惠里花	
發 行 人	陳郁屏	
插　　　　圖	想閱文化有限公司	
出 版 發 行	想閱文化有限公司	
	屏東市 900 復興路 1 號 3 樓	
	電話：(08)732 9090	
	Email：cravingread@gmail.com	
總 經 銷	大和書報圖書股份有限公司	
	新北市 242 新莊區五工五路 2 號	
	電話：(02)8990 2588	
	傳真：(02)2299 7900	
初　　　　版	2023 年 07 月	
定　　　　價	280 元	
Ｉ　Ｓ　Ｂ　Ｎ	978-626-96566-6-0	

國家圖書館出版品預行編目 (CIP) 資料

穩紮穩打日本語 . 初級 2/ 目白 JFL 教育研究会編著 . -- 初版 . --
屏東市 : 想閱文化有限公司 , 2023.07
　面；　公分 . -- (日本語 ; 2)
ISBN 978-626-96566-6-0(平裝)

1.CST: 日語 2.CST: 讀本

803.18   112010660